U0505233

Annie Ernaux

Ce qu'ils disent ou rien
Annie Ernaux

如他们所说的，或什么都不是

著

[法] 安妮·埃尔诺

译

沈祯颖

上海人民出版社

作者简介:

安妮·埃尔诺出生于法国利勒博纳,在诺曼底的伊沃托度过青年时代。持有现代文学国家教师资格证,曾在安纳西、蓬图瓦兹和国家远程教育中心教书。她住在瓦兹谷地区的塞尔吉。2022 年获诺贝尔文学奖。

译者简介:

沈祯颖,南京大学法语系硕士研究生,译有《她之所以为她:女人不是生而顺从,而是变得顺从》。

"安妮·埃尔诺作品集"
中文版序言

当我二十岁开始写作时，我认为文学的目的是改变现实的样貌，剥离其物质层面的东西，无论如何都不应该写人们所经历过的事情。比如，那时我认为我的家庭环境和我父母作为咖啡杂货店店主的职业，以及我所居住的平民街区的生活，都是"低于文学"的。同样，与我的身体和我作为一个女孩的经历（两年前遭受的一次性暴力）有关的一切，在我看来，如果没有得到升华，它们是不能进入文学的。然而，用我的第一部作品作为尝试，我失败了，它被出版商拒绝。有时我会想：幸好是这样。因为十年后，我对文学的看法已经不一样了。这是因为在这期间，我撞击到了现实。地下堕胎的现实，我负责家务、照顾两个孩子和从事一份教师工作的婚姻生活的现实，学识使我与之疏远的父亲的突然死亡的现实。我发觉，写作对我来说只能是这样：通过我所经历的，或者我在周遭世界所生活的和观察到的，把现实揭露出来。第一人称，"我"，自然而然地作为一种工具出现，它能够锻造记忆，捕捉和展现我们生活中难以察觉的东西。这个冒着风险说出一切的"我"，除了理解和分享之外，没有其他的顾虑。

我所写的书都是这种愿望的结果——把个体和私密的东西转化为一种可知可感的实体，可以让他人理解。这些书以不同的形式潜入身体、爱的激情、社会的羞耻、疾病、亲人的死亡这些共同经验中。与此同时，它们寻求改变社会和文化上的等级差异，质疑男性目光对世界的统治。通过这种方式，它们有助于实现我自己对文学的期许：带来更多的认知和更多的自由。

安妮·埃尔诺

2023 年 2 月

目　录

炎热的夏天，郊区。在父母好不容易买下的小房子里，十五岁的安娜兴味索然，她不时反抗，朦胧地期待着爱情。曾经可爱的妈妈数落她，监视她，让她厌烦。唯一的解脱是和加布里埃尔一起出门。这是一个偶然认识的朋友，安娜通过她认识了马蒂厄。她为马蒂厄的口才着迷，和他做了爱。一天晚上，她委身于对雅恩稍纵即逝的欲望。马蒂厄因此羞辱并抛弃了她。

开学后，安娜的身体出了问题，她的月经无缘无故地消失了；也许是因为她再也不期待什么了。慢慢地，她把自己封闭起来，与周围的一切——家庭、高一班——格格不入，而班里的法语老师谈论着"改变生活"。

献给小混蛋埃里克和大卫

有时候，我觉得自己有一些秘密。但它们不是秘密，因为我不想谈论它们，而且我没法把这些事情告诉任何人，这太奇怪了。赛琳娜在和一个高二男生约会，他四点钟在邮局的拐角处等她。至少她的秘密很明确，如果我是她，我甚至都不会藏着掖着。而我的秘密没有形状。光是想一想，我就感到沉重不堪，像一条虚弱的鼻涕虫。我真想一觉睡到我明白得更清楚的那一天，也许是在十八岁或二十岁。有一天，所有事情都会变得明朗，一切都会尘埃落定，只需静静地往前走，径直向前，结婚，生两个孩子，找一份不算太差劲的工作。有一个作文题目是，谈谈你对未来的梦想，我拿了个不错的分数。未来，想到这些要在书本中度过的岁月，我的脑海里只有一块巨大的空白，我对所有这些事还一无所知，而我必须把它们写下来，说出来。小时候，我故意钻进床底，不愿意爬出来，那里很黑，很热。现在也是一样。不过，去年我一心只想着上高一，要我说，老师们一直在吓唬我们，勉勉强强吧，你们的分数……冷静，优秀，可到了高中这根本算不了什么，你们只需要更聪明一些，不是我们的错。家里，她突然发起了牢骚，数学只考了八分！不要紧，只要下功夫就会成功的。你不会想去工厂上班吧？我知道她是对的，我没法反驳，如果考不上高中，找起工作来可就完蛋了。不过，去年三月分科的时候，她烦得我头都大了，我讨厌她，宁愿她一句话也别说。现在她放心了，到高考之前都不会再放一个屁。我没有告诉她高一结束时有人可能会被高中开除，或者被降到商科，否则她会一整年都不消停的。他们只有一张学业证书，而且要比赛琳娜的父母蹩脚一万倍。赛琳娜的父母是工程师，反正是差不多这样的行当。确实，他们不需要扯着嗓子大喊大叫，他们就是成功人士的典范。而我的父母只是工人，我必须成为他们所说的样子，而不是他们所是的样子。虽然我现在还是想做一名小学老师，但我不知道我能不能成功。他总是愁容满面地看着我，这让我很恼火。你一刻不停地看书难道就不头晕吗？看书不是他的长项，他只读一点儿《巴黎-诺曼底报》和《法兰西晚报》，有时，在他不注意的时候，他的嘴唇会微微嚅动。也许他说得没错，学习太难了。刚开学的时候，我以为我会一心想着努力学习并考上高中。在班里，我只认识赛琳娜，还有一个十四岁的听话的小不点儿。然而事实并不是这样。写法语作文的时候我感到毫无头绪。老师批评我写得太乱。她在我的第一次作业上写道，主题很好，但是缺这缺那的，完蛋了，我永远都不知道该如何处理这些题目，无法十全十美，就是这样，不可能再弥补，不可能再有任何改变。如果只是法语作文这样就好了。我看到自己一落千丈，我甚至都不知道该怎么说出我的感受。爱情，有什么意义呢？我再也见不到他了，所有的男生都让我恶心。有时我感到害怕，不是因为要去工厂上班，爸爸妈妈只是在吓唬我，我会在办公室找到一份小差事儿的。我害怕的是自己再也不想要什么了，我害怕变成异类。你跟别人不太一样，你要开口把话说出来，我们为你付出了这么多，换作别的那些乖小孩，早就知道感恩了。永远都在拿我和别人比较，永远都是不同的女孩。为什么别人都如此明确呢？赛琳娜，数学课上走在我前面时，她的背几乎静止不动，只有臀部在以一种和谐的节奏摇摆，她是不是已经？在她身后，我觉得自己就是一只弱不禁风的可怜虫，没有像她那样的大奶子。我到底像什么呢？我真想回到初四¹结束的时候，六月，天气热得要命，电视新闻已经放完了，爸爸在外面，他说，快下点雨吧，花园都干死了。昨天，我在一家鞋店的橱窗里看到了自己，当时正下着大雨，我的头发一绺一绺地搭在脸上。假期真的结束了。我戴眼镜的样子很丑。我已经离不开它了，它在我的鼻子两侧留下了两个小坑，课上无聊的时候我会摸摸它们。我现在已经对它们无所谓了。她看着我面无表情地去学校，你戴着眼镜的样子不错，非常好，看起来很严肃。亲戚们说我像个老师，至少我已经戴上眼镜了。六月份大约在学年结束时，我试着摘掉眼镜。一开始很难适应，连街道另一边的人都看不清，他们仿佛都被蒙上了一层白雾，就像一台没有调好颜色的电视机。问题是，我不敢和别人打招呼，因为我不确定是谁，我不想因为认错人而被当成傻子。更尴尬的是，我可能会忽略一些认识的人，如果碰到老师、邻居，或者其他面熟的重要人物却没向他们问好，回到家可没好果子吃。几岁才可以不假思索地打招呼呢？小学的时候情况更糟糕，我换了条人行道走，我实在太讨厌巴什洛太太了，她总是站在院子的栅栏后面，从来不正眼看我，就那样直挺挺的像个僵尸。早上好，夫人。她一声不吭，只是上下打量我。我都快疯了，真是个老巫婆，她告诉我妈妈，我从人行道上一直走到了她家门口，你的孩子把自己当成谁了？我气不打一处来，该死的巴什洛一家，腰缠万贯但却不露声色。爸爸妈妈觉得他们这么有钱是理所应当的，因为他们从来都是一副没有钱的样子。我很乐意看不到别人，我的吊带裙里面什么也不穿，它的上半部分是紧身的，领口开得很低。如果我走得快一些，裙摆就会跑到两腿之间，从后面拽着我，把我的身体轮廓全部凸显出来。你总是喜欢一些不适合你的东西，这个价格本可以买到一些更年轻、更像小姑娘的衣服，你这样太惹眼了。不过，她还是由我自己选择，然后她会大吼大叫。确实，我有点儿羞耻，不过我觉得有必要展现自己，我们不可能一直是个小毛孩。我把眼镜放在包里，穿着衬衫闲逛。如果碰到爸爸或妈妈，我就说我的镜片被弄脏了，所以我才没有戴眼镜。必须想好借口。我有一种奇妙的感觉，我想象自己是时装模特，就像《法国生活》里那样，一双双观众的眼睛在虚化的背景里盯着我，黏腻的汗水附在我的大腿根部。经过咖啡馆的露台和邮局广场时，还有在到达中学院子的前十米，我走得很不自然。他们，还有女生们，都在留心观察我的胸部是不是真的那样丰满。我不怎么低头看，否则别人会以为我在沾沾自喜。我花了些时间穿好我的外套，然后才走进教室。去年我是不敢这样做的，因为我的胸部还不够丰满，今年有毕业会考，就好像一个问题摆在眼前，我就多了一份胆量。我一直认为，你不可能同时拥有两种恐惧，总有最强烈的那一种会占据上风，比如说考试。一切都乱糟糟的。他们还在检查有没有人旷课，可是这没有任何意义。老师们一脸严肃地记下那些已经溜之大吉的学生的名字，可笑极了。六月份的时候他们在我眼里已经什么都不是了，他们对我构不成任何威胁。连毕业会考他们都做不了主，他们会像我们一样对题目感到意外，明年他们会向别的学生重复我们现在知道的事情，他们会折磨学生一年，最多两年，然后一切就都结束了。我们继续前进，而他们却停留在原地。我胡乱翻着书，那些我永远不会做的数学题，初四刚开始时它们还让我感到恐惧，不过现在它们的威力已经消失了，我感到自己有点儿老了。因为天气炎热，学习时光是在院子里的椴树下度过的。我真希望六月过得再慢一些，这是我第一次非常明确地这样想。我感到幸福。可惜还要考试，要复习，本来我可以花更多时间在其他事情上，尽情地享受。一想到考试，我就喘不过气来。我心想，如果考不上，我就随便去做什么事，我要和一个男生睡觉，一了百了。我一直很担心还没来得及经历这件事就死掉，没有机会活到那一刻，只度过了丑陋的童年，心心念念到最后却一无所有。而且，如果不得不死去，比如说发生了战争，我就要向第一个出现在我面前的人投怀送抱，也许是某个朋友，或者学监弗朗索瓦先生。如果发生战争，是的，可是他一个人不够，还有别的比我更漂亮的女孩等着他呢。炎热的天气使我产生了一些挥之不去的想法，我羞于告诉别人，但我并不为拥有这些想法感到羞耻，也许是因为马上就要初中毕业了，离开某个地方，你总会觉得少了些思想负担。我从来没有这样关注过我女友们的身体，准确地说是在冬天，我们都穿着厚厚的衣服。我拿她们和自己比，身高，臀部，腿，头发。我的身体在哪里？我和奥蒂尔一样高，和赛琳娜一样有着褐色的皮肤，胸部的大小因为戴着胸罩而无法分辨。我更想要的是什么，好成绩还是漂亮身体？两个都要未免太贪心，你不能什么都想要。外表长得太好，智商就会打折扣，就连老师都不信任那些太漂亮的女生。六月份的时候，赛琳娜把头发扎了起来，我看到了她湿漉漉的脖子。她靠在墙上，双脚分开，牛仔裤恰好在那个地方凹陷下去，让人看了很尴尬。她让我想起了那一天，在塞萨林街的老房子里，我们躲在储物间，她笑着，小眼睛眯成一条缝，坐在一个翻倒的箱子上。我发现，她的"那个东西"——这是我们私下里的叫法，跟她的笑声、她那布满鸡皮疙瘩的大腿一样，和我的完全不同。我突然理解了自己那柔软的、粉色的奥秘，它就像是祖母为了杀死母鸡用剪刀撬开的鸡嗉的深处。她那里已经长出了一些毛发，我什么时候也能……你发誓，一定要给我看一条沾满血的卫生巾。不过那是阿尔贝特，不是赛琳娜。现在，我们再也不会互相展示"那个东西"了，任何东西都不会，甚至罗斯阿姨来拜访我们时，我们也不说一句话，除了——我今天不能去游泳，啊，对了！你来月经了。不过，第一次的时候，我想让其他人都知道，当然不是男生们，这是不可能的。学期末我和班里的女生们玩得很好。我们靠在一起晒太阳，在椴树后面抽烟，似乎没有任何事能把我们分开。在老师们眼里，学生无非就分为这几种，勉强懂一点儿的，懂得很多的或者无所不知的，优等生或者差生。不过我印象深刻的并不是这些差距，而是他们的自然状态和说话方式，一些无法定义的东西。另外还有一个区别——裙子，六月份我只有一条新裙子，穿了八天之后，所有人都看腻了。只要你被录取，我就再给你买条裙子。可是我只想立刻就要，趁我还能穿着它显摆，放了假大家都穿得很丑，就没有这个必要了。假期也会带来一些差异——在放假前和开学后。赛琳娜要去南斯拉夫，之后我们就会忘记，我们会重新变得一样。我不会像一个女孩说的那样去海边，也不会去南斯拉夫。还要两年才能还清房子的钱。用十年的时间买三个房间和一个花园，当时我才八岁，我觉得这笔钱似乎永远也还不完，而且房子并不是完全属于我们的。在这个穷乡僻壤，永远只有稀稀拉拉的几个人，不像塞萨林街的街区，阿尔贝特就住在那里。爸爸八月份要休假，我们会去走亲戚，最多也就离开家一百公里，如果他们心血来潮，我们就在海边过个星期天。"鹅卵石海滩太无聊了，只适合年轻人。"我早就不应该是年轻人了。妈妈要去小资咖啡馆打工，每周去三天。她不想让我一个人去度假，况且能去哪里呢。我敢打赌，假期里不会发生任何有意思的事。最让我烦躁的是，一直到九月份我都不得不忍受爸爸妈妈的噪音。我有预感。上学的时候我不用经常看见他们，我有无数种方法忘掉他们的唠叨，上课、聊天，或者去健身房。可是在家里我无计可施。在中学的院子里，初一的小屁孩在我们面前横冲直撞。我回想起自己刚上初中的样子，再往前就是小学，同样是学期结束时尘土飞扬的下午，没完没了的课间，遥远的小学老师，越来越让我讨厌的孩子。初一的小丫头来招惹我们，我真想给她们一巴掌。小学的时候妈妈对我无微不至，我的胳膊下面总是夹着一摞衣服，因为我不得不把它们脱掉。大一点的女孩子们拉着我空出来的那只手，来玩丢手帕吧！可是我的东西放哪里呢？小心别让别人偷走。有一次，手帕被丢在我身后，可我没有看见。Chandelle！[2]我在圆圈中央一直站到了游戏结束。我觉得自己真是太差劲了，我就是个窝囊废。一点儿也不像快要十六岁的人。

　　毕业会考那天早上，我的两腿伸直放在桌子下面，等待着数学试卷发下来。老师穿着绿色衬衫，头发是金色的，就像不二价超市³的售货员，简直一模一样。
愚蠢的想法总是不合时宜地出现。然后，一鼓作气，
我一刻不停地写，上午很快就结束了。赛琳娜坐在我
后面，她碰到了困难，给她传答案太危险了，我不太
想这样做。第二天，我一觉睡到了中午，然后我开始
思考这一天会发生什么。一切都是从那个时候开始的
吗？他们在吃饭，爸爸慢吞吞地切着面包，她什么也
没说，我猜到她在为我生气，因为我让她担心了。我
一点儿也不在意。他们就是些无名小卒。你把我们当
成什么了？你也不告诉我们考试的经过，你最好知道
你在做什么！我倒还真不知道。太夸张了，参加考试
的又不是他们，可他们却一直在胡搅蛮缠。这个世界
太奇怪了。她把烫手的熟鸡蛋裹在用来做餐巾的厨房
抹布里，这样剥起来比较快。混合着洋葱丁的西红柿
让我恶心。爸爸打开了"新闻一小时"，有一个会议要
在美国召开，通货膨胀又开始了，干旱还在继续，显
然，这根本不关我的事。重要的是这一刻，闷热的厨

房，刚刚启动的冰箱，我放在台布上的手，我的盘子边上细微的刀痕。我的喉咙发紧，我并不害怕落选，毕业会考就是个玩笑而已，我害怕的是我们一起坐在餐桌边上，周围的世界在一个离我很远很远的大圆圈里，而一切又把我紧紧地包裹。为了买瓶洗发水，下午我去了城里，大家总是这样说，因为我们这儿没有商店，什么都没有。我说过，必须找个理由应付妈妈。我使出浑身解数，还戴上了眼镜，我总觉得，打扮得像个丑陋的书呆子会让你看起来更好接近。好笑的是，我很想见见阿尔贝特，告诉她我刚刚参加了毕业会考。她呢，她要做一名打字员，十四岁上了技校，之后我们就没怎么见过面，我们再也没有什么话好讲了。经过一个旧小便池的时候我想起了她，我闻到一股生鸡肉的味道，水不停流动发出簌簌的声音。为什么不允许女孩进去呢？两只分开的脚和裤管就把我们堵在了门外。我就是想进去。可恶的阿尔贝特，她装出一副快要憋不住的样子。我是绝不敢独自穿过那个地方的。

在出来之前，我们窥伺着人行道上有没有其他人经过。男人们也会观察是否有人看到他们从那里面出来，这是阿尔贝特告诉我的，她总是有很多心眼儿。可是两年前见面的时候，我们只是互相说了你好，她已经在工作了，也许是因为小时候互相看过"小鸟儿"，这件事变成了我们之间的障碍。这与毕业会考无关，我一边走一边想，成绩出来后我会记起现在这些想法，它们将会永远和这该死的考试联系在一起。然后到了药妆店，我买了洗发水，我看着药剂师助手的脸。我没有想那些男生。回去的路有一公里左右，我用私人的方法给自己算命，我总是有很多套占卜术，《法兰西晚报》上的肯定不准，因为那是针对所有人的，而我的是自己发明的。如果能碰到三辆白色的车子，我就可以不用参加口试直接被录取。我不记得那些车上是不是写着我会通过考试。我不想回家。我在厨房里喝了牛奶咖啡和一大碗热气腾腾的巧克力，我在作文本上写字，因为这样会好受些。电视上没什么好看的，而且只要我站在电视机前，她就会说我一刻不停地在看电视，这并不奇怪。在我的房间里，那种奇怪的感觉又回来了。我从妈妈那儿拿来了《今日女性》，可是我对它提不起兴趣。在我的床前，印着巨型瓢虫的红色窗帘被炎热的天气拉扯，投下一片彩色的阴影。快到傍晚时，妈妈开始在客厅缝衣服，我听到她在工具箱里翻东西的声音，缝衣针、旧顶针和纽扣混合着各种线圈。这种细弱的声响仿佛一直在耳边，它让我想到衰老和死亡。最后的初中时光似乎已经很遥远了，眼前我什么也看不见。夏日里黑漆漆的房间很是古怪。我已经克制六个多月了，但那一天很糟糕，就算完全变成黑色我也不在乎。去年有了第一次之后，我都不敢看妈妈，也不敢看其他任何人，也许他们已经知道了，正常的女孩是不应该做这种事的。小学老师说过，身正不怕影子斜。太折磨人了。已经六个月了，可当我记起来时已经太晚了，我的手有落叶的味道，一种淡淡的甜味。这一次我不怎么感到羞耻，它在漫漫长日里消散了，并没有比那些巨型瓢虫更好或者更坏。这与我的父母无关。就算这样很好，可是我依然古怪至极。母猫扒拉着门。它在我的枕头上发出呼噜呼噜的声音，一直到晚上。我喜欢它，它全身都是乌黑的毛发，还有一双绿色的眼睛。我是不是真的这样想过？如果考不上，我就和一个男生睡觉。

　　我不费吹灰之力就通过了毕业会考，老师们告诉了我我的成绩。爸爸晚上下班回家的时候眼里噙着泪水，而且他第二天又在报纸上看到了我的名字，而牙医迪布尔家的女儿名落孙山，她的笔试简直一塌糊涂。我不忍心告诉他毕业会考对找工作来说根本算不了什么，还是不要打击他的自尊心了。她耸了耸肩说，钱不是万能的，幸好，聪明才智在她期望的地方发芽生长。我发现有些地方的种子不会密密茂茂地长出来，比如在我们家，他们没有体面的工作，除了约翰舅舅，他是一名机械制图员。要么聪明的头脑曾经存在过，只是我们看不到它了，然而这实际上是一回事，只剩他们的眼睛有时还闪烁着智慧。妈妈很沉得住气，努力了就能成功，这是你应得的。她故意扫我的兴，叫我不要太过张扬，不要被冲昏了头脑，她整个夏天都在对我说这句话，你被冲昏了头脑。他们只在邻居和亲戚面前提我的成就，这很能让他们印象深刻，因为他们要么早早辍学，要么就没有考上。我记不清我的快乐持续了多少天。我在城里买些小玩意儿，我的吊带长裙挂在赤裸的肩膀上，眼镜放在口袋里，管它遇到什么人，我的脑袋里只有成功的喜悦。不过，我希望这次成功能为我打开一些东西——马上就打开，一些别样的快乐，我还不知道究竟是怎样的快乐，但肯定不是那个假期。总之，应该是一种奖励。你可以休息两个半月，你意识到你是多么幸运，至少可以精神饱满地迎接新学期了。休息，永远是和他们一起休息，什么都不做。我讨厌他们好吃懒做，他们是从哪里染上这个坏毛病的？星期天，爸爸就知道看电视，没什么好说的。她答应给我买一条裙子，大约一百法郎，好吧，是该为你的毕业会考表示表示。我们去鲁昂看眼科医生的时候，你想去新世界百货转一转吗？就是那条该死的夏季连衣裙，上面还能看到一块几乎已经难以辨认的草渍，我知道我不该这样。我觉得这份礼物太寒酸了，他们处处精打细算，也指望不了什么。不过说到底，我不知道他们究竟能给我买什么，也不知道我究竟想要什么。七月初的一个晚上，一场可怕的暴风雨袭来，爸爸在电视上看环法自行车赛，喝着他那兑了很多水的力加茴香酒，机械工是不能喝酒的，要是喝多了，你就完蛋了。雨停了，我打开窗户，潮湿的气味侵入我的房间，有点儿冷。热浪已经过去了，空气中是已经做完的事情留下的气味。八天前，我还坐在考场上，五天前，我在铁栏杆围着的成绩布告栏上看到了自己的名字，而十五天前，我还在中学的院子里晒太阳。有一些朋友不会再经常见面了，还有学监大胡子弗朗索瓦先生。我在枕头旁边的彩色墙纸上写下，安娜，七月二号。我开始像每年这个时候一样感到无聊得要命，我已经受不了了，这对我不公平。学校时光永远也望不到头，仿佛一个真正的深渊，一旦达到一个更宽阔的平台，便意味着要重新从零开始，要认识高中里的新老师、新同学。如果假期也能为我切断过去就好了。我赖在床上，白天总是有点儿好处的，比如说我做的那些梦，我梦见一个长得像表哥丹尼尔的士兵，他用双臂紧紧地搂住我，就像小说里那样。我想起阿尔贝特的一件事，连续九天数十三颗星星——也有可能是反过来，就能梦到未来的老公。然后在十三号星期五那天把一面镜子放到枕头底下。真倒霉，十三号是星期二。星星似乎也变得严肃了起来。睡觉的时候我把手臂放在腰的两侧，这可能会有帮助，但我还是没有做梦。每天早上爸爸上班前都会把我吵醒，之后我会重新睡着。我可以听到从每个房间传来的声音。大概六点半的时候，我在床上翻来覆去，捂住自己的耳朵，这样就听不到他发出的那些刺耳的噪音了，他抽烟的咳嗽声，喀喀的吐痰声，厕所里连续不断的噗通声，平底锅撞击炉灶的声音，还有桌底下放勺子的抽屉一开一合的声音。只要一松开耳朵，某个声音就会立即灌入我的脑袋，我就可以推测出他还有多久出门。汽车一启动，我便重新入睡。在这样炎热的天气，他要一直工作到晚上，不过他从来不抱怨，甚至还很高兴，因为他是工头。我一直到十点钟都无所事事，不知为什么我会为此感到羞愧。半梦半醒间我突然意识到，我对家以外的他一无所知。可是，小的时候，当他搭上去炼油厂的大客车时，我会想象他要去海边，每年总要有一次，沙滩包夹在两腿中间，去勒阿弗尔看大海。在一次赠与炼油厂工人的周日远足中，我看见过那些铁栅栏，被间隔均匀的黑色圆圈环绕的钢塔，还有瘦小的梯子。铁栅栏让我想起教堂的祭坛。我害怕他在测量的时候不小心掉进油罐里，那片油海闻起来就像他衣服上的味道。我曾经以为所有的男人注定都会遭遇意外，酗酒，死亡，我很庆幸自己是个女孩。这些小孩子才有的愚蠢想法使我发现，以前的我比现在更关心他。每天晚上我都会问他，爷爷的农场是什么样子的？有一天早上我醒了，他不知道，我看着他粉红色的肉体，洁白的腰部在红肿的双手边上显得那么怪异，我因为好奇而屏住呼吸。这些久远的故事让我觉得很尴尬。他那平凡又与世无争的样子，足以使我挖掘出所有这一切的秘密——父母、他们的工作。他的收入还不错。我们需要工人。初三的时候我们学过一首维尔哈伦的诗，劳动者们，等等，等等。爸爸说大家都是劳动者。我没有提出疑问。我也没有花太多时间去想他拥有和其他所有男人一样的东西——他的伙伴，躲在旧铁路桥底下偷看女孩的邋里邋遢的疯子，还有公共厕所里那些丑陋的涂鸦。这是被禁止的。我捂着耳朵想，他现在叫我"女儿"，几乎不再叫我安娜了。我们之间不大说话，除了在晚上，他会抱怨几句，因为我想和母猫一起睡觉。不要把猫带到床上，这不卫生。每个晚上，我都不得不乖乖听他的话。他终于走了。我九点左右醒来。上午的时光一如既往，梳头，一刻钟，穿衣服，半个小时，吃饭，听收音机，在最初的几个小时里，一切都是那么新鲜。如果我听到有什么人在唱歌，就会有事情发生。也许下一首歌的歌词可以预测我的未来。久而久之，我厌烦了，我被这些预言搞得头昏脑涨。最后，我到厨房里去，妈妈也在那里。昨晚睡得好吗？今天不会再下雨了。她已经很久没有和我说过什么有意思的话题了。七月初的时候，我发现我其实根本不需要她，除了吃饭、睡觉和买东西。她没有教给我任何东西，就是这样。我真希望她能和我讲一些事，能和我一起笑，自由而不做作地大笑。有的老师会时不时和我们说一些新闻，然后我们会一起讨论，甚至都听不到下课的铃声。电视上的人也会讨论。至于朋友们，我们会一起聊上好几个小时。而她永远都只会问一些同样的问题。你今天上午要做什么？啊！好吧，你把胸罩弄脏了，我今天就把它洗干净晾干。我小的时候她就是这样的了。为什么打鼓的人都戴着白手套？就是这

样的，一直都是这样的，没有什么好解释的。英国人
第一次登陆的时候，她什么也没和我说。你还是个小
姑娘呢，仅此而已。不过她准备了一个小包裹，是从
药店买来的，因为她觉得在超市里买不太合适。可是，
只要和邻居或熟人在一起，她便开始滔滔不绝，都是
一些无意义的话题，她甚至都不会试着和我聊一聊，
也许，她说过，她在等待我打开话匣的那一天。我想
这一天永远不会到来了，我是说属于我的这一天。我
搅拌着牛奶咖啡里的糖块。她在厨房里到处转悠，洗
洗刷刷，不停地忙些鸡毛蒜皮的小事，总觉得不够干
净似的。我在杯子的边缘把糖块碾碎，因为我知道这
会让她生气。你怎么还没吃完？我看着她用水润湿我
的裙子，好把它放到餐桌一角上熨平。她的身子被格
纹罩衫紧紧裹着，先把拳头伸进一碗水里，然后在裙
子上方迅速张开手指。为了省点电，她拔下熨斗的插
头，用余热继续熨烫。尽量别太快就弄脏了，你太不
小心了，我可怜的小女孩。整洁——那个夏天，她只

知道把这个挂在嘴边，也许之前也是这样的，只是我从来没有注意到。就像老师们说的那样，不要东拼西凑，小姐，把你的论点归归类。我又看见她在塞萨林街的房子里，站在同一张桌子前。那天我从小学放学回家，我不知道该把书包放在哪里，她正往祖父给的黄油里撒盐。她的手揉捏着那团黄色的东西，发亮的面团不断从指间被挤压出来。她重复着同样的动作，又加入一些盐，直到表面布满水珠。最后她用手掌在黄油上拍打两三下，就大功告成了。我的笔记本总是黑乎乎的。星期一早晨，我到处找我的内裤，差点把衣柜都拆了。别哭啦！穿那条旧的吧，没有人会知道的。东西丢了，一个月之后总能在灶台后面找到，不过早就脏得不成样子了。我在厨房的墙壁上打弹球。在我们的新家，她会大吼大叫，别玩啦，天哪！墙纸可是新的。我想，她自从离开纺织厂以来就变了，也许这就是秩序和社会的进步，可惜她的言论从来没有任何进步。她的词句总让我昏昏欲睡，连学校也无法

帮助我从中逃脱。我只好读书。妈妈所有的《今日女
性》我都读过，尤其是连载小说。《桑德拉谁都不爱》，
这样的标题会让我很想读下去，尽管它们大多矫揉造
作，但我没什么别的可干的。我渐渐入了戏，不知道
"他们"是否会相爱，我已经欲罢不能了。他们究竟是
会两情相悦，还是会死掉呢？我迫不及待地想要知道
结局。读完之后，我会极度感伤，一切都结束了，再
也没有故事了，而我仍然深陷其中，无法自拔。现在
我什么都不读了，因为我已没有什么可期待的了。老
师给了我们一份书单，上面列了一些"有意思"的书，
我对此很是怀疑，因为这份书单已经修改过很多次了，
都是些无聊至极的东西。而且还得去图书馆，去登记，
等等。或者去书店，可是我们不能在那里随意翻书，
他们会让你感到很不自在。要么去超市，可那里只有
侦探小说和居伊·德·卡尔 [4]，老师不允许我们读这
些。我实在是太无聊了，只好决定试一试，我从图书
馆借来了《局外人》。整个白天我都手不释卷，直到夜

里才停下来。环顾四周，房间仿佛离我很遥远，我不明白文字是如何对我产生如此大的威力的。晚上，爸爸大发雷霆，那天是圣蒂博日[5]，七月八号或九号，我经常翻日历。房间里的百叶窗是关着的，一进到客厅，我就两眼昏花，我想到了那个海滩，他就在那儿杀死了阿拉伯人[6]。我真希望我也能写出这样的东西，或者以这样的方式生活，然而要想在最后把它写下来，就必须让一切发生，这样我才能很方便地讲述出来，才能让所有人知晓这一切。爸爸火冒三丈，我敢肯定你看了一整天电视，还有你那些三流歌手。他激动不已，只要多喝一两杯，不对，我应该说，从来就没有超过一两杯，他便旧病复发。不是我说，可是人就是拿自己的身体没办法，永远管不好自己。妈妈反驳他，说他什么都不知道，我一直在看书。一般来说，这个时候他会闭嘴，他对我做的事不感兴趣。我敢发誓，这次他喝醉了，他大喊大叫，书书书，永远都是书！这不是个办法，我觉得这不健康，她会丢掉精气神儿的，你就不能出去转转，骑骑自行车之类的？她在为我辩护，她似乎对出门闲逛这样的事有些反感，不过看书也不是她的强项。真奇怪，他们希望我在学校考个好成绩，老师说看书对学习有好处，而我却发现我的父母不相信这些，他们只相信习题和功课。他还在气头上，我像你这么大的时候早就上班了，我不可能在一本书上浪费几个小时。她被惹恼了，说他的理论简直狗屁不通，你觉得十四岁就去工作是件好事？你想让你的女儿去工厂上班吗？她休息一会儿，看看书，没有害任何人。他们为我吵架的时候，我总觉得很尴尬，就好像他们在说的不是我，而是另一个安娜，一个父母眼中的乖乖女，而他们只是在做一些无谓的争论。而且，那天晚上我发现自己是个伪君子，没必要装无辜，我很清楚看一整天书很奢侈，甚至有些肮脏，尤其是这类书，它们会一直跟着你，不像那些连载小说。所以说看书是危险的，也许他们说得没错，比看电视还要危险，那天的事就证实了这一点，看完书后，我觉得爸爸妈妈很是可笑，如果不克制自己，我恐怕会很自然地告诉他们一切。可是你不应该这样和父母说话，这太可怕了，他们那么好，而且他们没有多少钱，你应该理解他们。我不知道是在哪里听到这句话的，但是在那种情况下，如果你仔细想一想，你就会发现自己进退两难。为了不伤他们的心，我总是把话压在心底。比如那条吊带长裙，它并不是我第一眼就喜欢的那条，可我不得不对妈妈千恩万谢，恐怕那些眼睛都不眨一下就可以买下好几条这样的裙子的父母都会受之有愧，这一点儿也不公平。但我还是冒了一次险，除了看书和看电视，你还想让我干什么？你只需要找个小姐妹，一起去游泳之类的。所有的女孩都去度假了。我撒了谎，加布里埃尔·布维没有去度假，不过我不打算讲太多细节，整体才是最重要的。她总是说，如果我想有所作为，就要往上看，而不是往下看。加布里埃尔在我的下面，妈妈不太喜欢她，因为她觉得她身上有一种奇怪的感觉。友谊的确很美好，但是和某些关系中可能存在的风险比起来，它简直狗屁不值，况且他们可以肯定我和加布里埃尔交往是有风险的。他们没有回答，爸爸缩在扶手椅里，手里还拿着力加酒，这次没有加多少水。妈妈气冲冲地擦拭着白色的灶台，嘴噘得能挂住油瓶。过了一会儿她总结说，你来到这个世界上，你什么都想要。这是最让我恼火的一句话，我马上就要十六岁了，可他们还没有意识到。晚饭时我一言不发。我回到自己的房间，《局外人》已经看完了，我不知道该干吗。我盯着百叶窗，小路上的碎石，几根女贞树的枝桠，我感到既特别又忧伤。我觉得和父母的争吵根本无关痛痒，仿佛这本书把我和一切都隔绝开了。我盘腿坐在床上，看着梳妆镜里的自己，最后我朝自己做了些鬼脸，还扮成斗鸡眼的样子。真是个疯子，小心别恢复不过来。开什么玩笑！也许我是有点儿疯疯癫癫的，谁知道呢。这个房子里只剩下我一个人。中学里，我们并不总是喜欢对方，但至少我们待在一起，这让人安心，还能给人指引方向。你无法在父母身上找到方向。我害怕突然就变得不正常，于是脱衣服的时候尽量小心翼翼、慢条斯理，就像电影里那样，可我越是专心，就越觉得自己在装模作样。看吧，我早就说过，读书学习让人迷了心窍，谁乐意糟蹋身子，就尽管去上学吧。闭嘴吧！你就这么想让她跟我们一样，十四岁就去上班？又不是只有她要继续读书。我哭了，我不想停下来，这可以让我不那么疯狂。如果可以和他们聊一聊我刚读过的书就好了，可是他们只会觉得它不三不四。我们三个人一起看完电视，他们说，就这样吧，太蠢了，没什么意思。去睡觉吧，明天还要上学呢。他关掉了电视机。当然，接下来的几天就是这样度过的，我又变得和其他人一样了。我只知道文学和《局外人》，他们说得没错。可是我觉得曾经那些奇怪的想法从我身上溜走了，我感到怅然若失。我很快就会为恢复正常而后悔的。也就是说，我连续看了三个下午和晚上的电视，因为我很无聊，甚至连广告都看了。我记得小的时候，家里还没有电视机，假期里，我拿着《今日女性》翻来翻去，用那些广告编故事。我建了一幢房子，里面装满了广告里提到的产品，我有一条乐都特的连衣裙，还有几双安德瑞的鞋子。新的杂志到了之后，我就会再玩一遍。我甚至还吞下了治疗便秘的糖衣药丸，只有那些装假牙的东西我不感兴趣。但我并不觉得好笑，喜欢看广告这件事让我感到羞耻。幸好，妈妈开始在小资咖啡馆当服务员了，每周上午要去三次。她把包挂在自行车把手上，脚踩着踏板身体前倾，我透过窗户观察着她的一举一动。有时候她磨蹭了很久才离开，我浑身颤抖，烦人，烦人，呼！一股强烈的自由感涌上心头，爸爸妈妈不在家，房子是我的了，就跟做梦一样。我在三个房间里来回穿梭，再走到花园里。可惜兴致很快就消退了。最后我打开柜子和冰箱，狼吞虎咽地吃了些饼干，还有熟猪肉，为了不让他们发现，我只从边边角角的地方切下来几块。你会胖得像个桶。我真想吃些海鲜和鱼肉，好打发时间。假如他们完全消失了，我想象着所有我会做的事，最可怕的事。可是他们只离开半天，根本没法肆意妄为。我甚至都不能给家具挪个位子，除非是在我自己的房间里。和父母住在一起，你永远是个租客。我到处都翻遍了，没有秘密，没有信件，没有什么不可告人的东西。只找到一些工资单和银行存折，真没意思，虽然他们从来都没有在我面前讨论过这些。有一天，我思忖着我们的房子到底算不算得上漂亮。应该还不错吧，反正我没法再想象出一幢另外的房子，必须要找到另外一对父母才行。我连续把同一张唱片听了三四次，因为只有在这个时候我才不会胡思乱想。这首歌是有什么魔力？别犯傻了，我可怜的小姑娘，别犯傻了，我真不明白同一首歌听上十次有什么意思。再听一次，不停地听，不断地缩小某个东西，直到抓住一些我不知道是什么的玩意儿，极致的完美，不是在第一次的时候，一般是在第二次，然后一切消退，我一整天都不想再听到这首歌了。下午，国道上的汽车飞速开往沃勒莱罗斯[7]的海滩，一想到这我就愤懑不已。早在见到加布里埃尔·布维之前，我就开始想她了。她是怎样生活的呢？我想象她在廉租房里有很多伙伴，而我总是一个人。如果我在城里遇到她，我会停下来和她说话，两个人在一起会遇到更多的可能，这可比我那些不靠谱的迷信——比天上的星星和枕头底下的镜子实在多了。我穿上我的吊带裙，化好妆，挺起我的胸部。我又垂头丧气地坐下来，除了我自己以外再也没有人能欣赏我的身体了。机会只存在于外面，而不是在房子里。她气冲冲地叫住我。我要一个人去游泳，别的女孩也在那里。你不是和我说她们都去度假了？你还不如在花园里晒晒太阳呢，你可以穿上泳衣，没人会看见你的。她忘了我们的邻居，因为她以为小孩子什么都记不住。那个老流氓会偷窥我——不过也没有那么老，他大步跨过小洋葱头地，慢慢地停下来，躲在豆角架后面一动不动，就好像一直蹲在同一个地方除草。我没有戴眼镜，他可以像爸爸说的那样大饱眼福了。

太可怕了，因为我什么都看不见。在游泳池里，偷窥狂们似乎不那么具有威胁性，总之，我们对他们更加宽容。他的铁锹发出的微弱的声音和他在栅栏另一边鬼鬼祟祟的脚步声让我感到恶心。停止胡思乱想，假装什么都没有发生，这太难了。只要一个人掏出了他的生殖器，大家便认为他肯定会重蹈覆辙，改不掉的。家长们完全没有意识到身边有多少流氓，一想到这我就觉得可笑，有的流氓自己也是父母，看到他们的孩子，我就会想，他们是不是也会对……和阿尔贝特一起在城里的时候，我们遇到过很多次。这些贼眉鼠眼的游荡者会在三月份的时候出没，就像迎春花一样。他们的眼神一动不动，除此之外看起来非常普通，只比其他人稍谨慎些。他们的问题出在衣服上，很明显可以看出来。阿尔贝特说，当心！他……他们总是在扣扣子，解开然后又扣上，双手在口袋里不停摸索，躲在光秃秃的树篱后面，假装在修剪树枝和草坪，或是遛一条恶狗。他们放慢一切，脚步，动作。他准备干吗？我闻到了泥土和烧焦木头的味道，我快步跑起来，鞋子的声音在脑袋里回响，远处的他像一个稻草人。我万分庆幸这次又成功脱险，他几乎什么都没看到，又差点儿什么都看到了。我又想到了阿尔贝特，她不怕这些人，也许是因为两个人在一起时会觉得更有力量，也许他们会更加警惕，没错，嗨小妞儿们！咋样啦？我们跟那只狗打招呼，小狗狗，把爪子伸过来。他拿着牵引绳笑起来，当心点儿，你摸它，它会在你的腿上尿尿，还会龇牙咧嘴呢。我真想躺在泳池边的水泥地上晒太阳，在阳光下游泳。所以妈妈并不知道他在花园里，那个老皮条客。更让我难过的是，我那被太阳晒成棕色的身体没法让除了父母以外的任何人看到。

七月十四号前不久的一天，我被卫生间里哗啦啦的水流声吵醒了。这种剧烈的咳嗽声，我一听就知道是爸爸。我立刻拉过被子蒙住头，我感到一阵不安，我害怕他们生病，他们会变得面目全非，就像疯了一样。老天爷啊，让爸爸妈妈活到我结婚的时候吧，到我有两个孩子的时候，这样就不会那么难过了。我在被子里快要窒息了，我想到初四历史课本上的一幅画，一个人倒在床脚，双腿分开。我不敢过去看他，照顾病人是她的任务，这对我来说是件好事，我嫌太恶心了。糟糕的一天就这样开始了，真让人受不了，而且还耽误我晒太阳。妈妈说他消化不良了，贪吃肉食害了他。为了帮他请假，我们不得不打电话给贝尔杜耶特老头，大家叫他我们的大夫，这让爸爸妈妈觉得很好笑。他爬起来吃了晚饭，虽然还有些不太舒服，也吃不下什么东西。我觉得很恼火，因为他一直在说自己没胃口。这甚至都算不上真正的毛病，根本不会留下什么可怕的后遗症。为了一个放不出来的屁，根本没必要大动干戈。晚上卢维尔医生来了，那个开着轿车的"老油条"。现在他让我害怕，以前只是让我觉得有点儿恼火。他开的是雪铁龙2CV，看起来似乎并不为有点小钱而沾沾自喜。最先让我感到恶心的是他、妈妈和我之间的事。他用手遮住眼睛，做出一副为我已经长到这么大而惊讶的样子。他用一种高高在上的嘲弄的语气对我的父母讲话，而他们似乎完全没有意识到。我不知道该怎么回答他，反正都是一回事。妈妈对他说，您知道吗，她刚刚通过了毕业会考，下学期就要上高中了。太好啦，非常好，您的女儿将来一定会有出息的，要多多鼓励她。她还在小声说着话。她只和一部分人低声细语，比如那些有头有脸的人物，而和我们在一起时是相反的，她只会大喊大叫。所以您认为在我们这个时代知识是很重要的，您是对的，我亲爱的夫人。我敢肯定贝尔杜耶特把我们当乡巴佬。他还要给我做个听诊，辛辛苦苦考完试，需要来点儿营养剂。她看着他拍拍我的背，把头伸到我掀起的衬衣下面，压一压我肚子的两边。虽然天气很热，我还是起了一身鸡皮疙瘩。她当时在想什么呢？他把手指挪到很低的位置，我们只看得到他的头顶，绷紧的嘴让他显得很严肃，否则我们肯定会把他当成一头猪。

他呼了一口气，月经每个月都来吗？我不知道应该由她还是我自己来回答。她马上就说，很好很好。用掉了多少卫生巾呢？我不得不自己开口。从一开始就很规律，完全正常，医生。那就好。我讨厌大夫，除非每次都换一个。他给我开了钙片，给爸爸开了一些颗粒剂。吃饭的时候，爸爸问我怎么了，妈妈回答说就是太累了。我的健康现在变成了我和她之间的私事。空气中有股力加酒的味道，他突然发起火来，**我什么都不知道**！从来没有人告诉我任何事情，她是长大了，可那是不吉利的！我感到羞耻，我真想逃走，两年来她从来没有和他说过这件事，她是怎么把脏衣服藏在卫生间的篮子里的呢？我知道，她已经三年没有来月经了，我经常到处翻东西。她脸红了。他感到很尴尬。看到他们因为我而变得如此可笑，真让人难为情。他刚刚才知道，对他来说还是个新鲜事，也许这个消息会一直折磨他。因为消化不良，他的面色发青，看起来很丑。我决心报复一下她，我要把那个彩色的小盒子藏起来，我要自己把它扔到外面的垃圾桶里。来月经的时候就不要洗头了。这个病态的词让人联想到疼痛和恶心，可我却把它当作一种魅力。我再也不会对他说什么了。我真想去参加夏令营，随便什么地方。我把母猫带到我的床上，可是没过一会儿，它宁愿从窗户跳出去逃走。爸爸说过，根本没办法抓住它。

我想到我是偶然在城里遇见加布里埃尔·布维的，我们成了比在中学里更要好的朋友。我当时没有戴眼镜，我们在同一条人行道上。我更愿意相信这是一次巧合，如果要说这是因为我们这一片没有其他上中学的女孩，那就像是在做不得已而为之的排除法，这会影响我们之间的感情，对友谊来说是很悲哀的。她长着自行车手的双腿，皮肤比阿尔贝特还要黑，我以前从来没有和我崇拜的女孩做过朋友。总之，我真的很想知道是什么把我们联系在了一起。在学校之外，开启一次对话是很不容易的。而我们二话没说就聊起了私人话题，这很奇怪。我们一起在商店门口闲逛，我觉得自己比她更快乐，我感到很惬意，智力和学习成绩有时候是次要的。几个骑摩托车的家伙过来和我们搭话，加布里埃尔认识他们，是她的几个邻居。我不太喜欢他们，虽然他们至少有十八岁了。加布里埃尔忘了做介绍，三人中的一个把手放在我的肩上，湿漉漉的。另一个不停地说别乱来兄弟，还在他的摩托车上装出滑稽可笑的样子。我不确定这是不是我期待的毕业会考的奖励。他们问我们七月十四号去不去圣皮埃尔。很多初中女孩从来没有去过那里，她们觉得集市很蠢，可是我应该学会知足。我已经计划好了，碰碰车，射击游戏，一遍又一遍，选那条最隐蔽、最荒凉的街，或者那座旧铁路桥，可是到底要他们三个中的哪一个呢？我禁不住想入非非。七月十四号那天下起了倾盆大雨，这是假期开始以来第一次真正意义上的出门。加布里埃尔会来接我。我在窗户后面等待她的身影，有点儿丢脸，所以我开始看书，等她骑着自行车出现的时候，我读到哪句话，就代表下午会发生什么。我又开始迷信了。我等了一个多小时，小婊子。妈妈说，你漂亮的小姐妹可让你等了好久呀。我听到远处的音乐，空气中是雨水的味道，就好像我将一直这样坐着，一直等到事情被搞砸。我又想起了《局外人》，可是我没有杀任何人。她来了，我不敢责备她迟到了，重要的不是她，而是去集市，不能浪费任何机会。起初我很害怕进入这种狂野的圈子，我不知道加布里埃尔在想什么，我们彼此不会说这些，但是男生成了我们议论的话题，这说明我们之间建立起了信任。如果我们不讨论男生和性，那么我们就不算真正的朋友，无一例外。阿尔贝特呢，我们之间的距离还是越来越远了，也许她怨恨自己把所有事都告诉了我，还给我看了那个东西。在圣皮埃尔，我心不在焉地和加布里埃尔待在一起。他们甩下了我们，宁愿去参加舞会。我很失望。我们钻进人群的喧闹声里，我决定了，管它呢，不能坐以待毙，妈妈说过的，当然她指的不是这件事。我们立刻去玩了碰碰车，所有男生都在那里，加布里埃尔和我分不清他们的脸。我真想一直待在那里，那些家伙追赶我们，把我们撞得东倒西歪。我们看到他们朝我们冲过来，露出胜利者狡猾的微笑，金属拉杆发出咔嚓咔嚓的响声。他们撞得我们身子从车座上弹起，然后再猛地落下，他们自己也在同一时间弹起和落下。我最喜欢他们朝我们猛冲过来而我知道我们已经没有机会躲开的那一刻，我会提前开始尖叫。之后，他们向我们投来轻佻的眼神，那天我们很喜欢说这个词，是从书里学来的，我们把所有的男人都叫做轻佻的人，这把加布里埃尔和我联系在了一起。有时候我们摆脱不了他们的车，真让人讨厌，这浪费了很多时间。而他们以为我们故意和他们纠缠在一起，以为我们上赶着追在他们屁股后面。我没有再朝他们看，他们太丑了。我只喜欢那种碰撞的快感，然后冲进场地的窟窿里，观众们围在边上，我们从他们膝盖旁边经过。结束的铃声震耳欲聋地响起，车子不再前进，就像一场梦一样，快乐也戛然而止了，要等

两三圈才能重新开始。一个小时之后，我没剩多少钱
了，加布里埃尔也是，甚至比我更少。不过谈钱是很
难的，它们来自父母，和父母有关，我们从来不敢问
对方他们赚了多少钱。我们再也找不到有意思的人了。
我们逛了一个又一个摊位。玩占卜找点乐子，两法
郎，我们扳动手柄，一张粉红色的纸掉了出来。只要
在一个银色的圆圈上涂点口水，就能看到未来老公的
样子。加布里埃尔的老公长着一张惯犯似的脸，我的
看上去至少有三十岁了。我们苦笑了好一会儿，这样
的丑东西，就算你不相信也会觉得晦气。然后是超级
明星大乐透，我们没有买彩票，有一个黑衣人在模仿
歌手唱歌，他来圣皮埃尔已经五年了。我记得我之前
觉得他很可爱，爸爸妈妈想要赢一些起泡酒或一个洋
娃娃。他不再模仿之前那些明星了，他的嘴边有一圈
总是红色的，几乎一直到鼻子。他走起路来有些驼背，
在两首歌的间隙会卖一些彩票。我以为他认出了两年
前的我，当时他在模仿查尔·阿兹纳武尔[8]，我一直盯

着他。阿尔贝特对我说过一句可怕的话，当你爱上一个男人时你会愿意吃他的屎。我为自己感到羞耻，原来一个人的想法在两年时间里可以变得如此不同，我现在什么都做不了，没法选择任何人，我都不会去和这个可怜的小丑握手。下午还在继续，集市上只有一些平平无奇的人。我们发现了一个老师，他的样子就像只是来观察别人是如何娱乐的。我真希望他不要过来，我们不得不时刻和他保持一群人的距离。我们在篷车之间和水桶前面穿行，这很有意思。之后我们感觉好多了，因为我们中途离开了五分钟。我们吃了些油炸糖果子，几个家伙跟着我们，糖果子好吃吗？我有两份，他们大笑，我们交换？加布里埃尔瞟了我一眼，想看看我有没有听懂，我真想笑出声来，因为我们想到的是同一件事。每次我们把一个糖果子塞到嘴里，同样的情况就会出现。可是带着这些脏东西，我不想被他们搭讪，会不会被当成是我们女孩为了吸引男生的秘密把戏呢？而他们无时无刻不想着扯出自己的蛋蛋。而且他们后来还叫我们丑八怪。我们已经走远了，我想到了我的脸和我的双腿，这个移动的身体就是我，安娜，没有任何意义。快五点的时候我们已经把集市逛了至少有十圈了，为了不留下遗憾，我们用剩下的钱玩了碰碰车。我不知道我们是怎么打算的，那里只有一些丑陋的小伙子。后来我觉得所有的人都很丑。那个红嘴唇的家伙在超级明星大乐透吵吵嚷嚷，一些讨生活的女人——这是我父母说的——穿着紧身衣跳舞。集市上总是弥漫着一股尿骚味，那些歌曲都是一年前流行的，这让人仿佛回到了从前。我感到越来越惆怅，不过我喜欢这样。我发现和别人挤在一起时抬头看天很有意思。我想到了上帝，不是弥撒里那个，也不是穿蓝色长裙的圣母。他神色忧伤，也许根本不存在。他留我们孤身一人。我仿佛已经没有父母了。我突然一下子老了。这些感觉使我变老，因为我以前从来不会这样。我似乎明白了人们为什么要写作，比课文里给出的解释还要清晰。他们写作，就是因为这样一些闹哄哄的集市，因为他们突然一下就超脱了。
该回家了；离开人群是件很可怕的事，尤其是要穿过
那些挤满篷车的小路。*no boy-friend to-day，my*（今天
没有男朋友，我的）亲爱的加布里埃尔。不过我不会
为此而哭泣。我和加布里埃尔的关系越来越好，出门，
一定要出门，这才是最重要的。妈妈大动肝火，晚了
半个小时，哪个正经女孩这个点还在外面？她把我仔
仔细细检查了一遍，幸好我还戴着眼镜。至少应该说
说清楚，她害怕的到底是什么。可她从来不说，仿佛
这点话能烧了她的喉咙。爸爸不在家，所以她唠叨个
不停，我们放你出门，你就这样报答我们！也许只有
当了父母才能理解，原来准时回家就是对他们的报答，
不管是因为玩累了还是害怕。她还是一副礼拜日的打
扮，衬衣从来不塞到裙子里，拉链总是往下掉。对我
来说简直是折磨，光天化日之下就这样袒露着背部中
央的这块粉色的皮肤。她说不是的，小傻瓜，这是我
的连体衣，然后她做了一个难看的动作，把夹在屁股

里的裙子拽了出来。那天下午，在不知哪个墓园里，她蹲在逝者纪念碑后面，留心着是否有人来，嘿，我撒了好大一泡尿！想让我接受她的想法，她必须是完美的，我的妈妈，肮脏的回忆。我和她一起削土豆皮，为了讨好她，好让她允许我下次再和加布里埃尔见面。黄色领骑衫又换人了[9]。她平静下来。为我出门而担心，是的，不过是以一种含糊不明的方式。她不应该老是怀疑一个女孩去逛集市是为了招蜂引蝶。那是一个美好的日子。晚餐时，他们说到了下午去拜访的表兄，整个晚上都在比来比去。为了把房子装修得这么好，靠他们赚的那点钱，他们只好勒紧裤腰带。我说这不是个办法。爸爸也同意。而且孩子上学也要花钱。如果一直这样下去，还不如让他的孩子们学点有用的知识。整顿饭他们都在没完没了地议论这个话题，对他们来说不存在假期，也不存在圣皮埃尔，一门心思地只知道工作、学习和未来，就好像当下是毫无用处的。既然这样，那么还不如两脚一并直接跳到未来，或者把我关起来好让我安然无恙地活到那个时候。我突然想到，也许把我关起来正是他们梦寐以求的，因为他们为了迟到这种区区小事就大做文章。初中。回家。高中。回家。然后呢？我们不可能一辈子过这样的生活。真好笑，那天晚上我就这样和他们坐在一起，妈妈不停地念叨表兄们，他们真不该去任何人家里，只要看到别人过得比他们好，他们就心理不平衡。我看了看日历，假期只剩下五分之一了。夜里我哭了。

火车里有股咖啡味，座位是人造革的。我很喜欢闻夏天火车的味道，然而这趟半小时的旅程只是为了和妈妈一起去看眼科医生。我坐在她对面，想着她的叫嚷声会不会消停一天，为了一丁点儿小事她就会立刻板起脸，直到晚上才会好转。我不知道这次外出是否让我感到快乐，想到在这一天里要一直赶来赶去，在她身边走路，不停地抱怨我磨磨蹭蹭。为了不让她疑神疑鬼，我不得不穿了一条去年的裙子，领口很高，有点儿幼稚。这毁了我的一切。我们走进一条鹅卵石铺成的安静的小路。牌子上写着克歇特眼科。我们按了按门铃。我不喜欢等待，也许他们是故意的。一个黑白混血的女仆开了门。你们和医生预约过了？她将信将疑，神色有些傲慢，我弄不明白她为什么要这样。她领我们走上了楼梯，每一级台阶的边缘都打了一层厚厚的蜡，我甚至不敢把脚迈到地毯以外的地方。因为担心滑倒，妈妈走得很小心。太不像话了，这是故意的，他们想测试我们能不能顺利走完这些楼梯，会不会摔倒。女仆把这一切都看在眼里，她脸上带着微笑，活像要给人打针的嬷嬷。地毯一直延伸到了候诊室前，我们踏上咯吱作响的地板，我觉得很尴尬，椅子上坐了很多等候的人。我们也不发一声怨言地等了一个半小时，只是中途叹了几口气。我把一张四脚弯曲的镀金茶几上的杂志都翻了个遍。候诊室里这些杂七杂八的东西足够布置三个房间了——雕花壁橱，两个日式雕像陈列柜，至少三米长的花边窗帘。我感到很不自在，因为太安静了，人们互相打量着。一切都很遥远，我们是一个和谐而压抑的世界里的旁观者，只是旁观者而已。我灵机一动，悄悄对妈妈说，你表兄家的房子也这么漂亮吗？你是不是疯啦，不要比来比去，像他们这种专家，有的是漂亮的东西！它们值多少钱呢？妈妈犯了难，好几十万，你给我闭嘴。她对价格不感兴趣，只是欣赏。在这里，差距并没有让她难堪，相反，这也许可以证明他是个出色的专家。而勒阿弗尔的表兄只是想向他们炫耀，她咽不下这口气。总之，差距越大，她越乐意。她为什么要选择这个医生呢，因为他有名气，他治好了谁谁谁的眼睛。比去趟卢尔德[10]还要灵。可我只是有点近视，不必这么麻烦。名字是？坐在那里。他把笨重的黑色手持眼镜扔到我的鼻子上，然后飞快地切换着镜片，好还是不好？说话。我没有回答他。他生气了，你不会连你看到了什么都不知道吧！妈妈说，快回答医生呀。太可怕了，她看起来就像个孩子。他开了一份处方。你听听医生是怎么说的，不能再摘掉眼镜了。不过她这话是说给他听的。她急忙翻自己的包，生怕付钱的速度不够快，让别人以为我们没有足够的钱。临走时我很不高兴，我真想杀了这个老东西，他用"你"来称呼我，把我们当出气筒，而我们却没有开口顶回去。我没有给老师或比我年长的人回话的习惯，也许正是出于这个原因，我的父母不得不处处给我背黑锅，但她至少可以替我辩护一下，对他说试镜片需要时间适应，而且我们毕竟是花了钱的。可是她只想着讨好他，像个好好先生。一旦我们下了楼梯这屁用都没有。她认为他对我们颐指气使、呼来喝去是很正常的，可是她又经常告诉我不能被别人踩在脚下，要保护自己。对付谁呢？我就是想把这种目空一切的贱人揍得稀碎。可她不一样。我发现她喜欢巴结那些有权有势的人。我认为我的父母是错的，这不会给他们带来任何好处。对老师也是一样，班会上她总是站在老师那边：如果她不听话就骂她，只管惩罚她。初三的时候老师告诉她我有一项作业没做，我挨了一顿打，老师不动声色，反正不需要她来动手。还有小学的时候，我要告诉你的老师，她会惩罚你的，我相信了她那可怕的威胁，就因为偷了一点点糖。她还会不会到高中里去打扰老师们呢？我已经开始感到不爽了。天色阴沉了下来。妈妈察觉到了什么，别担心啦，医生只是有点粗鲁而已，他是对的，你得戴眼镜，如果你觉得我是为了寻开心，那我们何必要到这里来呢。我们来到新世界百货的门口。最糟糕的是，当我的父母开始胡说八道的时候，我永远无法阻止他们。我想再买一条吊带长裙，前后领口都开得很低的那种。可是在这些塞得满满当当的柜台前，我一次又一次让人取下衣架，把衣服拿在手里摆弄，就是下不了决心。妈妈在旁边，好好选一选！我们不会再回过来了，你眼前的东西还不够多吗，到现在一件都看不中？她的好脾气渐渐被消磨殆尽，我太纠结了。在试衣间的镜子前，我思忖着什么样的衣服能让我看起来最性感，就像连载小说里写的那样。我没有确切的目标，我希望我能像某个人，也许是赛琳娜。我再三确认衣服的布料是否贴合我的腰部和胸部。我在售货员面前转来转去，她不可能不怀疑我的心思，这是一条又凉快又漂亮的裙子，除非她假装看不到真相，只要稍微用点力呼吸，别人便可以想象出藏在裙子下面的一切。我拿了条红色的。出了门我又后悔没有要那条白色的。买买买，永远都在买。爸爸妈妈不乐意是有理由的，我并不像我期待的那样高兴。我们带着这个小包裹从新世界百货出来，有好一会儿我们沉默不语。我们从来不会认为钱花得值当，除非一下子买十条裙子，这样它就不会显得那么重要了，我会觉得更轻松一些。而那天从商店出来，我的购物已然变成了一出戏。至少你得穿它，别又因为这样那样的原因让它压箱底，要好好爱惜它。永远都是这样，一次普普通通的购物会缠着我们好几天，甚至好几个星期。我们会想我们是不是做错了，直到裙子被弄脏了、过时了。都是一些无关紧要的东西，然而我忍不住去想，仅仅是为了两条裙子，真让人沮丧。后来，那个胖乎乎的眼镜商把我的头发拨开，把半打眼镜框架在了我的耳朵上。当她拿出钱包的时候，我不忍心想太多，我会觉得很罪恶，他们赚她的钱，而我没有。可怜的女人，我已经决定把她花重金买下的那副漂亮的眼镜丢到包里了，亲眼见到她的钱包也改变不了什么。然后是答应给我买的唱片。她用蹩脚的发音连着喊了三次我最喜欢的歌手的名字，又多了一件让我受不了她的事情。整个下午我们两个都在玩这种捉迷藏的游戏，她让我厌倦，不，其实她并不比其他母亲糟糕。她一副气势汹汹的样子，你好像一点儿也不开心，你总是吃着碗里的看着锅里的！然后又好言好语地哄我，我们买个蛋糕吃怎么样？我的小姐妹，我不知道你是不是和我一样，我已经厌倦了鲁昂，厌倦了从一家商店跑到另一家商店。我表现得很冷淡。不管怎样这都很浪费，因为只要和他们在一起，所有的乐趣都会化成泡影。能怪谁呢。晚上在回去的火车

上，我站在过道里，她找到了一个靠窗的位置。装得
满满的网兜放在她的腿上，脸上的脂粉结成一块块
的，我为她感到难过。我真是太坏了。她是对的。应
该是在《私人生活》里，她读到过一个可怕的孩子的
故事，她故意撕毁自己的东西，只是为了给父母制造
麻烦。在饭桌上，她当着爸爸的面讲了这个故事，听
到了吗？你千万不能变成这样。她的眼神让我吓了一
跳，我偷走了那份报纸，什么都看不懂，只知道那个
孩子就是我，安娜。我把报纸塞进花园里一根生锈的
管子里，每次我在它旁边玩耍，似乎都能看见我那邪
恶的证据像羊皮纸一样卷起，一直到我死去。或者我
的父母死去。在火车的过道里，男人们从我背后经
过，我紧紧靠在窗上，只有一些老人。他们说我越来
越不讨人喜欢了，仔细想想，我确实没法反驳。我应
该感谢她送给我的那些礼物，一条裙子，还有她给我
买的唱片。我不知道，我说不出口。以前，在塞萨林
街的时候，你有多爱你妈妈？很大很大很大的爱，像

天空一样大。那么你爸爸呢？很小很小，像指甲尖一样小。她全身洋溢着幸福，他哈哈大笑，他觉得这样很好。星期天下午，那时候她还在纺织厂上班，她累坏了，除了长筒袜什么都没脱就睡着了，一直睡到五点钟。我和她躺在一起，就像两只蜷缩在同一只箱子里的母狗。她的身体宽大而完美，稍有活动，粉色的吊袜带就在她的皮肤上傻乎乎地跳舞，金属扣打开着。我假装睡着了。快五点的时候她醒过来，许久都不说话。她找到拖鞋，然后一屁股坐在马桶上，门半开着，我闻到了漂白水的味道。我悄悄地看着她。只能看到一个阴影，然后裙子立刻垂下来，我没办法知道隐约瞥见的画面到底是什么样的。她的身体并不让我恶心。当我穿上她那条印着淡紫色花朵的长裙，我闻到了厨房和汗水的味道。我看着她洗脸，连体衣的肩带滑到手臂中央，漂亮光滑的双腿看不见一根毛发。我发现所有的男人都很丑，他们甚至没办法用化妆品来补救自己的脸。他粗糙的皮肤总是泛着红色，她是怎么爱上他的呢？这些画面似乎已经很遥远了。她抱着新世界百货的包裹半梦半醒，已经太晚了，我再也不喜欢下午的时候睡在她身边了。她把她的"那个"叫作 crougnougnous[11]，听起来像一只肮脏的野兽，我从来没有看见过，也许我会蒙上眼睛。回忆起这些并不能代表什么。在关于她和我的这些画面中有一些让我难以忍受的东西。也许是整个童年。考试，学校，一切都是为了向前，我同意他们的说法，比如说我的新裙子就属于未来，如果没有它，那么接下来的事情就会变得完全不同。可是父母谈论未来的梦想完全是白费功夫，他们永远代表着童年和过去。在火车上我总是思绪万千。

七月十八号，晚上我哭了，我看着时间白白流逝，只有眼前这无谓的青春。下午我看到对面的女邻居在晾衣服，足足挂了好几米长，她生了太多的孩子，我从来不喜欢那种大家庭，那么多双眼睛转来转去，那

么多肚子要填饱，简直是一片混乱，还有门不停地开
开关关。她快速地揉一揉每件衣服，摸摸它们有没有
晾干，时不时拿下一件来。一小时后，她回来把剩下
的衣服一股脑儿取下来，连带着夹子一起。我觉得这
个女邻居不比我运气好，只是她不会去思考这个问题，
她并不觉得无聊。我知道，成年人是永远不会无聊的。
忙碌的日子会不会突然一下子降临呢？到时候就再也
没有喘口气的空间了。你不知道拿你的身体怎么办好，
我可怜的小家伙，等你工作了就好了！上班累个半死，
星期天睡个懒觉。你有足够的时间来弄清楚，好好享
受吧。我还没有搞明白他们到底喜不喜欢工作，我被
他们说得迷糊了。他炫耀自己在工厂轮过班，有一天
他们大吼大叫，因为我说我不会去工作的，我要一直
旅行，住在旅馆里。我甚至不能再重复一遍，我蒙着
头离开了房间。也许他们是为了我才工作的。我不会
有孩子的。我试着发明一些和工作很像的事情。九点
起床，整理床铺，吃饭，十点，打扫卫生，十点一刻，

复习英语，一小时。我觉得可笑，没办法拿这些消遣的事当真，甚至连复习都显得很廉价。离开学只剩两个月了。显然钱才是工作的标志，除非你干的事很有用。我现在就像是过家家而已，我在扮演两个月后的学生，或者是打扫房子的贤妻良母。至少妈妈在小资咖啡馆搞卫生是有工钱的，而我整理房间拿不到一分钱。不过我还是把我的抽屉都翻了出来，仔细挑挑拣拣，然后再扔掉一些。一直到七月底都不会再打开它们了，我已经都记在心里了。我不再给自己发明工作，也不再为了取悦谁而试穿那些裙子。一个尘土飞扬的夜晚，突然下起了大雨，鸟儿们总是闹腾腾的，在开始下雨时叽叽喳喳叫个不停。女邻居收起了她的衣服。我并不感到无聊，我想给自己讲故事，不过说实话我也不确定我是不是真的想。那天骑着摩托车的男孩，再往前还有初中里那几个我幻想过的男同学，他们共同构成了一个柔软的、让人喘不过气来的背景。可是我找不到任何一个我真正想要的男孩，假期只有一眼望不到头的空虚，加布里埃尔再也没有回来。什么都没有，我的美人儿，阿尔贝特和我在一起时总是笑起来没完没了。我想写的不是一些让人难为情的事。我早就不喜欢那些写在练习册护封内页的蠢话了，就是那些连字典里都找不到的词，我会不由自主地越写越潦草，越写越小，同时内心还惶惶不安。不，完全不一样，我总觉得有东西要写，就藏在这个房间里，与这里的环境、与我愚蠢的生活有关，与庆祝下雨天的鸟儿还有这些欲望有关。该怎么办呢，描写城市和街区，然后是我自己，再然后就什么都没有了。我们不是活在小说里的主人公，这是明摆着的，我身上不会发生任何事。以后等我年纪大了，或者等我和一个男生睡了，我想，我就会知道该说什么了。我很清楚我没话可说，我还有很多不知道的东西，可是我会自欺欺人。妈妈在写信和贺卡，或者给老师写纸条时简直费劲极了。她在纸上的空气中画一些小圆圈，然后一鼓作气，身板挺直，两眼低垂。她说她很不会写信，不管能不能成功，你必须承认这件事。书里能找到很多示范，比如说我发现《局外人》里有时会讲到一些不起眼的小事，但如果要照搬过来，就会显得滑稽可笑。不可能写作。四点钟我喝了牛奶咖啡，妈妈在写她的购物清单。这不会有任何结果。后来我想直接开始说重要的东西，事件和情感勉强占了一页纸。我快烦死了，根本写不下去，而且这太局限了。不过我还是决定试一试，我发现使用第三人称更能让我放心，特别是讲一些敏感的事的时候。写完三页纸，我就不想再继续了。我写得像《私人生活》的开头，火车的一等车厢里发生了一次邂逅，女孩上错了车厢，就是因为这样的机缘巧合，一个总裁爱上了她。我讲不出任何微妙的细节，我感到厌烦。我被不知什么东西牵引着，越来越不着边际，脱离了主题，甚至脱离了文字。雨水和园子里的泥土似乎都很遥远，被锁在这些墙壁某个地方的历史也是。我把所有的纸揉成一团，然后我想最好把它们都撕成碎片。如果妈妈发现了我写的这些东西，她会围着我唠叨个不停，你写的是真的还是假的？假的会比真的更让她大吃一惊。他们总是疑心重重，孩子，你到底在干什么呀？我什么都没干。你撒谎，你在写什么东西？就是写着玩的。不是学校的作业咯？他们认为这是很危险的，跟摸自己的"小鸟儿"或者学疯子做鬼脸一样。够了！你会倒霉的！他们会问我这有什么意义吗，这些故事一点儿用都没有。就在那个时候我停止了我的文学尝试，我想要某样东西，并不是文字，仅此而已，什么都没有发生。我开始害怕吃晚饭，午饭还不算什么，妈妈和我两个人吃起来很快。幸好我总是很饿，看着西红柿和鸡蛋，头几分钟除了大口吞咽的快感我什么都不去想。等到我的盘子见底，空荡荡的时刻就来临了，因为他们吃得很慢。他们用面包块蘸一点汤汁，然后用嘴从中间吮吸几口，再重新浸到汤汁里，直到面包块完全变软。爸爸说这是一天中最美好的时光。很奇怪，就这么一张桌子，无数次都是同样的人围坐在一起，他们一停止说话就让人胆战心惊。我想知道是什么把我们三个人联系在了一起。我感到无所适从。我重复着安娜，可是当你感觉不到周围的一切时，这个名字只显得空洞无味。有时候他们会评论报纸上的事情，他们不讨论政治，只关心事故和犯罪，真可怜，这让他们开了开眼，虽然他们从来没有亲眼目睹过。妈妈如此渴望美好的事物，为什么会喜欢强盗和流氓的故事呢？也许是害怕我们被谋杀、被抢劫，不过他们应该会被气疯，因为我们所有的积蓄都存在银行里了。还有事故、高空坠落和疾病。如果世界上真的只有这些事才算重要的话，我宁愿不要活到他们那个年纪。在吃饭的时候，我注意到实际上很多人他们都看不惯，不管是在我们这一片还是其他地方，只有少数几个迷失方向的好人还没有被普遍的恶意玷污。那个有洗不完的衣服、生了一堆缠人的孩子的女邻居，她完全不懂得怎么好好打理她的房子。另一个呢，高傲自大的科莱大妈，一个真正的酒鬼，总是自以为了不起。他们受不了自以为是的人，特别是那些没什么家底的，这是不应该忘记的。永远对别人一个接一个地评头论足，对机械厂、学校和公民义务教育的老师教给我们的制度却只字不提。他们能意识到这些事情的存在吗？当然，只不过他们从来没有想过我们可以讨论这些。一说到服兵役，就会马上被打断。军队是必须要有的，要我说，不服兵役的人就不是男人。你管这个干什么？你又不当兵。我还在穷追不舍，为什么要服兵役呢？他们怒火中烧，样子可怕极了，没有回答我的问题。我感到恶心，我发现对他们来说一切都是"就是这样的"，只知道评判别人，不会说点别的。我宁愿他们在吃饭的时候闭嘴。我的月经比平时来得更早了一些，这让我很慌乱。我觉得很痛，和以前不太一样。没能瞒过她的眼睛，她对我说这是正常的。我想如果我不是那么无聊，就不会这么痛苦了。整个下午我都趴在床上，妈妈对我很好，她给了我一些药片，还有一些她的报纸。我想到去年，又想到以前的七月——所有的七月，很难再回想起来了。但是我发现，至少从四年前开始，每一年似乎都离前一年越来越远了，台阶越来越高，每一级台阶上都站着一个女孩——丑陋而愚蠢的我，除了今天的台阶之外。这是件好事，至少是在向上走。但也许明年我就会觉得今年的这个女孩很差劲。我已经开始厌倦了。加布里埃尔呢？这个小婊子再也没有回来看我。城里找不到她，我也不可能去她家里，她会以为我在追她的，我有我的尊严。有一天下午，她又出现了，一双像小猫一样的眼睛亮晶晶的。你无法想象那种幸福，从前的日子又回来了，我还以为一切都已经变了呢。妈妈表现得很热情，她只有在背地里才指指点点。天气一直很好，加布里埃尔小姐，这是个不错的假期。天气是老年人的话题，我们不感兴趣。也许她想加入我们的聊天。她缠着我们不放，我想，她总是很希望我交一些朋友，只要我们"待在她的眼皮子底下"。在塞萨林街的公园里，她想让我和其他小女孩打成一片。去和她们一起玩呀，跟她们打招呼，你还要和她们一起上学呢。这算不上理由。我觉得很难受，必须要和一个小女孩握手，可小孩子从来不打招呼，我们互相看着就够了，你在这里，我也是，结束。她非要我那样做，我真想找个地洞钻进去。还有阿尔贝特。看到我们两个在一起，她会说，如果是一男一女，你们就可以结婚了！她肯定从来没有想过那些肮脏的东西，这个可怜的女人。确实，我们不大喜欢在她面前说话，就像未婚夫妇一样尴尬，然后她会感觉自己很多余，开始继续熨她的衣服。为了不引起怀疑，我们不慌不忙地离开，和加布里埃尔一起，到花园里的醋栗树丛边，我们坐在浴巾上。我和阿尔贝特一起说些下流的悄悄话，要是被人听见了，准会当场把我们关进少管所。小学老师说过，不要做任何你的妈妈看不见的事。我知道加布里埃尔有秘密要告诉我，她不会无缘无故就消失的。她花了很大力气才下定决心，穿上蓝色牛仔裤和套头衫，而我也没有表现出好奇和急切的样子。如果拿不出什么东西作为交换，那么太苛求细节是很丢脸的。她摆出一副高高在上的姿态咀嚼着一根草茎，这让我很恼火。她还在等什么？她来不就是为了要把事情告诉我吗！我遇到了一个人。她故意把我晾了这么久。一个夏令营的辅导员，你知道吗，就是曙光城堡那个夏令营。不知道。你知道的。她跟阿尔贝特一样，要扭扭捏捏好一会儿。你快说！我发誓我不知道！你要是说谎，你就马上死掉，你知道吗？是的，我拿我爸妈的性命发誓。她让我急得直跺脚，因为，可以这么说，她要和我讲的故事就是我的未来。我相信，所有发生在其他女孩身上的事最终都会发生在我身上，就跟月经一样。我装作满不在乎的样子，她加快了节奏。前天我骑摩托车去兜风。我又求她快一点。在一片田地里，还有干草垛。她说，你知道的，还有其他的辅导员，大概三四个。她说还有其他的辅导员，可是我根本不在乎其他的。你到底干了什么？她又恢复了小猫一样的神情，我说不出口。站在她身边，我感到很自卑。不过她还是说了。妈妈过来问我们要不要吃点东西，她总是习惯性地想讨好我的小姐妹。我们有话要说。你们这些小姑娘！她什么都不懂。等她走后，我提醒加布里埃尔，还有其他的辅导员，所以……我真希望我长得比她丑，这样她就不会疑神疑鬼了。跟随她，可是会碰到太多麻烦事，你不像我那么自由，你要骑上你的自行车，简直比登天还难。她走后，我觉得追求男生的困难已经把我吓倒了，最重要也是最难解决的问题就是不能带他见任何人。我仿佛看见了那片田地，那些干草垛，还有加布里埃尔敞开在马蒂厄手掌下的柔软的胸部。也许我缺乏所有权的意识，我要把另一只手偷过来，我们一人一半，一个接一个，至少我是这样想象的。分享总比什么都没有要好。如果她真想和我做朋友，加布里埃尔，她就应该努力让我们俩在男生这件事上保持在同一水平线，差距是不可忍受的。她已经领先我太多了。阿尔贝特比我大三岁，我永远也赶不上她，她嘲笑我，略略略。她的胸罩，她内裤边缘最初的那些阴影，还有她每个月微微隆起的腰下部。在我还没来得及达到她的高度之前她就消失了。我很羡慕加布里埃尔。不过，就是从那一天开始，我的假期变得不那么丑陋了。

在环法自行车赛到来的那个星期天早上，爸爸正因获胜者是个比利时人而发着牢骚，我的外祖母被发现死在了她的床上。她和我妈妈的妹妹住在城市的另一头。这是我考完毕业会考以来的第一件大事。妈妈像疯子一样出了门，我和爸爸一上午都没有再看见她。家里已经很久没有死过人了，有时我会想要是外祖母死了我会怎么办。只剩下她了，其他的祖父母在我小的时候就死在了养老院。我曾经参加过一个叔叔的葬礼，房子里挤满了人。不过我还是去上了学，好像是在小学，我很高兴能有一件新鲜事可以和别人分享。老师教训了我，她说这是件伤心事，你不应该在这说闲话之类的。可是家里没有人看起来是伤心的，我不太确定，他们好像喝了酒，还唱了歌，很惬意的样子，

要么就是我把它和另一次家庭晚餐搞混了。所以我很
想知道如果她死了，再也见不到她了，我会怎么样。
很难。她最后一次来我们家是在六月初，爸爸对她说，
老祖母，您身体还好着呐，我跟您说，您总有一天会
把我们都埋了的！她没有听见，因为她耳朵已经不好
使了。我觉得这不好笑。我并没有感觉多么悲伤，但
是我一下子就老了。从今天开始，在关于小时候的记
忆里，总会时不时地出现她的影子。她已经死了，有
些东西永远地被锁上了。我们去墓地给叔叔扫墓，妈
妈对我说，他在天上，你要知道，他什么都看得见。
我曾经一直很担心外祖母会死掉，这样她就会知道我
做过的所有蠢事了。后来我不再这样想了，所以她死
的那天我只觉得好奇。那一天有点怪怪的。我代替妈
妈打扫卫生和做饭，我很高兴。我还想也许我可以趁
乱溜走，灾祸有时也是件好事。我想到了加布里埃尔
认识的那几个家伙，又想到了我的外祖母，我把他们
混作一团。这样好像有点突兀，因为这两者之间没有

任何关系。我想知道外祖母之后会轮到谁死掉，也许是约翰舅舅，不过他只有五十八岁。有一段挥之不去的记忆一直跟随着我，我总能看到她背对着我们站在炉子前做奶油炖兔肉。我们在食物储藏室里玩弄着兔皮和切下来的兔腿，毛发上还沾着些血迹。我感到既幸福又忧伤。妈妈回来了。我还以为她会像她说的那样，我猜错了，她脸上连一滴泪都没有，只是叹了口气，眼睛像加布里埃尔的一样亮晶晶的。一切都结束了。吃饭的时候，她说她给外祖母擦洗了身体，把念珠缠在了她的手指上，神甫觉得一切都无可挑剔。我感到心痛。爸爸说他要去参加外祖母的葬礼，妈妈说我就不用去了，这不是年轻人该做的事。她怕我会走霉运，每当小孩子和年轻女孩看到一些不该看的东西，外祖母就会说这句话。这正合我意，我才不想总是对她那被黄油味缠绕的背影念念不忘。这种突如其来的死亡，你可能会觉得没有什么好说的。可是第二天妈妈一整天都在和邻居聊这个话题。有时她们就像是在说一部侦探小说。她是怎么发现她的呢，牛奶咖啡的碗是空的，所以她已经吃过了，她是后来又躺下来的，很明显，她的身体还是热的呢。就像真的只是睡着了一样，被子一直盖到了下巴。人们期待着一个真正的解释，可那是不存在的。妈妈还在搜索细节，她总结道，我知道，没有人可以长生不死，她没有受太多苦，一直如此。有几次邻居来向她套话，她用手里的抹布擦了擦眼睛。所有这些闲言碎语都让我恶心至极。我发现我感受事物的方式和她的言辞之间的距离越来越遥远。我不知道她是不是还爱着我的外祖母。几岁失去妈妈才会不那么痛苦呢？毕竟这是必然会发生的。我想是在四十八岁，也就是我妈妈的年纪，到了这个时候会更好过一些。所以妈妈只是在小题大做，哗众取宠而已。突然就来了很多人，就像我领圣体那天一样。地上放了一些床垫供亲戚过夜。所有人都觉得我戴着新眼镜看起来不错。外祖母变成了次要的，这就是一次普通的家庭聚会而已。手忙脚乱地就到了葬礼弥撒。我没有去，需要有人看管我们午饭要吃的烤小牛肉。而且我的裙子颜色都太鲜艳了，妈妈觉得没必要为一场丧事的弥撒花钱。舅舅和姨妈们说了一些和我父母平日晚上吃饭时说过的一模一样的话，工作、房租、账单，想到什么就说什么。他们吃了点熟肉。我发现他们甚至比我的父母更糟糕。约翰舅舅说有个人从脚手架上掉了下来，摔得面目全非。没有和我同龄的兄弟姐妹，只有一个十二岁的小屁孩。可惜莫妮克姨妈不在这儿，我的表哥丹尼尔原本可以陪她来的。妈妈开始了，你们都看到了吧，莫妮克家一个都不愿意来，你们信不信，不尊重父母的人可不是什么好人，走着瞧吧，她可怜的母亲棺材上连一朵花儿都没有！大家附和着她，我们开始吃小牛肉。只可惜我们不是什么大款，我们还真有那种大款的风范。他们说起了丹尼尔，十足的愣头青，你们听听，他都换了三十六份工作了，还在舞会上打过架呢，能喝不少酒！我记得他学过空手道，或者上过函授的柔道课，他还有一本书，叫《成功人生二十讲》。他总是喜欢异想天开。他就像一只困在玻璃瓶里的苍蝇，不安分地横冲直撞，想要摆脱这一切。他十七岁时被技校开除了。十四岁那年我爱上了他。后来我发现再也没有可能了，因为他身上发生的那些事。我的眼里含着泪水，我现在一看到丑陋的东西就会这样。我觉得一切都是偶然的，你什么都改变不了。丹尼尔实在是出师不利，想想都让我害怕。他走错了路，这是不是突然一下子发生的呢，有没有什么征兆，什么样的行为会让你误入歧途？他们说这是父母的错，他们没有好好管教丹尼尔。我很惊讶他们都有同样的看法，他们在这件事上达成了一致。最好笑的是，他们开始争论一些细节，莫妮克是不是在勒阿弗尔的埃里耶斯街住了八年？六年。不对，没有这么久。等等，应该是七年。得出结论总是需要点时间，必须等到真相大白。他们越来越纠结这些细节，外祖母已经被抛到九霄云外了。我对什么都不感兴趣。难以想象小时候的我竟然会喜欢这样的家庭聚餐，我们吃蛋糕，唱歌，和兄弟姐妹一起在厨房里捣乱。可是小时候我们不会去听他们说的话，就算听到了也只把它们当作耳旁风。我只想逃离饭桌，加布里埃尔，真是个臭婊子。他们呢，简直疯了，他们兜着圈子寻找着不知是什么的东西，那玩意儿还不错呢，我在超市里见到过。就好像所有这些细节都很重要，仿佛它们有什么用似的。喝咖啡，喝完咖啡喝酒，喝完酒再喝酒。是什么把我和他们联系在一起的呢？这仍然是个漏洞。后来，他们起身去花园里活动活动腿脚。来晚了，地里的蔬菜变成了一排阴影。就像毕业会考那天一样，下午不知不觉就过去了，但并没有任何意义。没有什么比聚餐后的外出更糟糕的了。舅舅们在四季豆中间的小路上分散开，姨妈们的裙子皱巴巴地贴在屁股上，又老又丑。以前我很喜欢这样的日子，大家欢聚在一起，是我们，而不是别人，总之，这是一种特权。葬礼的晚上我反而松了一口气，终于结束了。他们吻了我，再见啦，安娜，上了高中要好好学习，当老师挺不错的。我和大家一起吃得太多了，还喝了点樱桃酒。爸爸妈妈说不用吃晚饭了，中午吃的还没消化呢。聚会过后的晚上都是这样的，可我只觉得肮脏又沉重。而且，我觉得我又浪费了一天。加布里埃尔已经提前溜了，而我还在听我的姨妈们比较蔬菜的价格。如果没有那次葬礼和后来的午餐，也许我就不用这么匆忙了。我的外祖母死得可真是时候。七点钟太阳还没下山，他们没有看电视，白天也没有。他们的生活回到了正轨，而与此同时，我糟糕的一天终于结束了。然后我要一觉睡到天亮，至少在夜晚我们可以不那么愧疚。就算上帝真的存在，就算外祖母可以在天上看到这一切，她也没法回来告诉他们在她下葬的那天晚上我想要做什么了，而且我真的做了，因为一旦有了这个想法就没法回头了。这是独属于我的埋葬她的方式。

第二天，妈妈去小资咖啡馆上班。两点钟我来到了加布里埃尔家的大楼里。她妈妈在给买来的东西拆包装，她呢，她转动咖啡杯里的勺子，发出咯吱咯吱的声音。我讨厌她。如果可以通过其他方法认识有趣的男生，我才不稀罕她这个朋友。而且我一直认为这只是暂时的，还有更好的在等着我。我上的小学是女校，我在心里暗暗地把一些女生变成了男生。我忘了说我的外祖母去世了。我看着加布里埃尔家的公寓，装修得和我家一样简单，不过摆的东西完全不一样。在别人家的感觉很奇怪，更糟糕的是别人的父母。比起加布里埃尔的妈妈，我还是更喜欢我妈妈，别人的妈妈总是令人讨厌。有很长一段时间我都在想，为什么我的朋友们总是意识不到她们的妈妈很丑呢？最让我恶心的是想象加布里埃尔和她妈妈会像我和我妈妈一样亲密。她的身上有某种母性的东西，她身子倾斜着坐在半边屁股上，胳膊肘支撑着弗米加台面。她似乎为我的到来感到很尴尬，我也是。她的妈妈还在拆那些包装，有沙丁鱼罐头和我讨厌的苹果汁。我真想赶紧出去，逃离这个地方，回到我们还是平等的时候，像在学校里那样，我们似乎都不知家庭为何物。老师们谈到"父母"，就和说"社会""工作"一样，仿佛这是一种很模糊的、与他们无关的东西。加布里埃尔似乎和她妈妈有心灵感应，她知道我们应该挑什么时间溜走，我只需等待。你来找我一起去游泳呀。她朝我使了个眼色。等我去拿我的泳衣。半个小时后，我们已经在国道上了，朝着游泳池相反的方向。我在大楼的自行车车库里脱掉了衬衫，身上只剩下吊带衫。我打算在快到营地城堡的时候摘掉眼镜，骑自行车还是戴上比较好。我很迷信，万一不小心摔一跤，爸爸妈妈还不知道我出来玩了呢。我感到害怕，是的，我觉得自行车踏板好像在朝反方向旋转，这倒能让我松一口气，可是我必须做一些让我害怕的事，否则还不如待在家里，躲在爸爸妈妈的怀里一直到开学，还不如去死。我不知道我要逃往哪儿去，就像连载小说里，甚至是《局外人》里写的那样，我记得里面有一句话，这就像我在苦难之门上急促地叩了四下。不过那时我无法感同身受，因为我对后来的事一无所知。现在我知道了接下来会发生什么，已经没有任何意义了。

营地的草地上有五个人，五个辅导员，其中有两个女孩。我听说他们在等孩子们午休结束。我很快就计算好了，还剩三个男生，因为那两个女辅导员应该已经被服务过了。加布里埃尔有马蒂厄，所以我还有两个选择，可到底要哪一个呢，这让我兴奋不已。我沉浸其中。他们个个油腔滑调，时不时冒出一些肮脏的玩笑和故事来。本来我会觉得很不舒服，但是我看到那两个女辅导员只是安静地听着和笑着，加布里埃尔也是，说明她并没有觉得这些脏东西有什么问题。她们的态度让我安下心来，我不再脸红了，甚至在他们怪声高唱的时候笑了起来，女孩们也跟着啦啦啦啦地唱着。真美。有时我想哼唱几句，虽然这已经不让我觉得有多好笑了。妈妈，贞洁是什么？是一只小鸟，我的孩子，一只被关在笼子里的小鸟，到十五岁才可以放出来。慢慢地我摆脱了恐惧。一开始我觉得他们又老又丑，都已经不止十八岁了，成群结队的人在我看来都很丑。我渐渐习惯了，但我还是没法想象自己和他们中的任何一个人在一起。有一只棕白相间的狗在我们身边转悠，它好像生病了，有好几次它到草丛里去拉屎，甚至还有人开玩笑。那个时候，在一切开始之前，发生的有一点点肮脏的事情都让我耿耿于怀。我看着那只狗，我不知道九月份我还会再回到这片草地上，只是看着那些可能会随着冬季的雨水消失的干瘪的粪便，我便感到生命中的某件事已经结束了，可怕地结束了。这只病恹恹的狗成了我对那一天的全部记忆。第二天，妈妈没有去小资咖啡馆上班，我必须鼓起勇气。"我要去加布里埃尔家"，我边说话边偷偷地观察她的脸色。她没有起疑心，看吧，你之前话都不和她说，现在你们整天黏在一起。我保持着谨慎。我装出一副漫不经心的，甚至有些忧郁的样子，仿佛在说我去加布里埃尔家只是因为没有什么其他事情可干的。我不能表现得太过依恋我的小姐妹，她会吃醋的。还要留心穿的衣服，这是最关键的，一件低胸装和一条紧身牛仔裤就会让她起疑心。我扎起头发，在衬衫外面套了一条吊带裙，就是那条旧的，然后趁她还没发现我涂了黑色睫毛膏和淡紫色眼影就一溜烟逃走。尤其不能喷古龙水，会引起她的警觉。我不慌不忙地拿起自行车，她肯定会在厨房里一直盯着我，要像一个孩子一样走路，不能扭捏作态，尽量藏起我的胸部和臀部，要让她看不出我的身体自去年以来的任何变化。我骄傲地戴上眼镜。她的注意力还在骑自行车的危险上，小心点儿，到路口要停下来。知道啦，我到时候下车就是了。只要她只为路上的事担心，就不会再多放一个屁。这一次，我们坐在草地上，加布里埃尔坐在马蒂厄身边，他们在讨论政治，我不太听得懂，但我很高兴，我终于可以在学校以外的地方学到东西了。学校里只有无聊的学习，其他什么都没有，你听不到任何稀奇古怪的故事，只有实用的东西。爸爸妈妈说，生活会教你做人，所以他们不需要教给我任何东西。我听着他们的聊天，甚至都没有意识到这是一群男生，也没有去想这些对话背后藏着什么样的意图。马蒂厄说到了加布里埃尔带来的那本书，好像作者是个法西斯主义者，什么意思？就是他陷害工人阶级。我读了加布里埃尔的书，什么都没看明白。如果真是这样，居伊·德·卡尔可最擅长了。首先，他写得狗屁不通。我回答马蒂厄，他从来不谈工人。这就是证据。我不知道该如何反驳，但我一开始不相信这个马蒂厄，怎么会从来没有人提醒过我们呢？甚至连妈妈都没有怀疑过。一本倒霉的书和爸爸在厂里上的班之间存在一种关系，这无论如何都叫我难以接受。我对政治产生了兴趣，我试着跟上他们。我们在家里从来不聊这个，爸爸加入了工会，但他的工会里不存在政治。妈妈态度很坚定，决不讨论这个话题，否则准会打起来。他们聊到阿拉伯人和以色列的时候我完全乱了阵脚，我还以为我对这个话题已经了如指掌了呢。劫机、绑架和恐怖主义这些事我在电视上关注过，因为我的假期太无聊了。我觉得很丢脸，看来我把所有事情都理解错了，要么就是电视上那个家伙完全在胡扯。不过这次冒险还是让我很兴奋。我不是来聊天的，但我发现这让一切变得更有趣了，我甚至觉得一起说说话可以间接地帮助我做出选择，有时单靠眼神，我可以巧妙地猜一猜谁已经和女辅导员在一起了，因为我觉得他们看我的方式没有任何区别。甚至马蒂厄也是如此。第一天就这样过去了。

八月，爸爸的带薪假期开始了。我讨厌这种时候，他们从来不好好把握假期，炎热的八月就像一个长长的星期天，他们感到厌烦，然后会变得脾气暴躁。永远都不会发生什么。不过我找到了每个下午出去的借口。和加布里埃尔一起游泳，和加布里埃尔一起购物，干什么都和加布里埃尔一起，不，可惜我清楚地知道晚上六点钟我回家的时候她在做什么。有时我盯着她被衬衫包裹的身体，想象着她可能放任自流做的那些事。事情就是这样开始的，马上就要开始了，我真想永远停留在那个时候。我厌倦了草地上的歌曲和对话，也不知道我要在哪里落脚，这些人比我大太多了，我已经不知道我想要什么了。不过妈妈又摆起了脸色，大门的油漆脱落了，到底是谁，你得不到任何好处，除非。这打消了我所有的疑虑，我觉得我只能通过逃跑来惩罚她。我不认为这难以忍受，只要安心地过衣来伸手饭来张口的日子，待在父母身边，童年留在身后，前面是一条沿着草地前进的开阔的小路，我靠在一座老桥上，蒙着一张模糊不清的脸。没有什么是难以忍受的，哪怕数学得了零分。或许高考是难以忍受的，到那个时候我就知道了。只剩下马蒂厄和一个叫拉东的瘦高个，他浑身长满了毛。那些女辅导员还是有品位的，挑剩下最丑的给我，我已经能想象加布里埃尔会说他什么了。我提议去铁路桥，那儿很壮观，小路很开阔，可是最终我又会在哪里呢？我已经听不到其他人的声音了，马蒂厄站在我身边。我慌了神。我真想再次感受一下这种无路可退的恐惧。可是现在已经结束了。加布里埃尔呢，管她呢，每个人都只顾自己。我们似乎不应该像一件物品一样任人摆布，而且他们还在背地里拿我们做交换，就像对待一双臭袜子一样。是马蒂厄告诉我的，我表现得就像一件物品，可是后来。对我来说这不重要，相反，拉东并不吸引我，而且第一次的时候里面太吵了，没法注意顾客的脸。整个童年就像一条长长的导火线，在这一刻戛然而止。我已经渴望了太久。阿尔贝特，有一天晚上我们关了灯，在她的房间里接吻。面对未知的一切，我感到虚幻而恐慌。她的嘴唇紧闭、冰冷，她像我一样害怕。什么都没发生。这是唯一一个我们永远也无法相信真实发生过的游戏。我们在小学铺着石块的院子和初中的椴树下散步，而男生们的出现就像一场梦，把我从女孩们的臂弯里拽了出来，在那些课间休息的时光里吸引着我。我把那些我认为长得漂亮的大女孩的名字写在塞萨林街的墙壁上，她们十二岁，我七岁。暂时的，永远只是暂时的，否则我也许就不会害怕碰阿尔贝特了，也许我会很喜欢。十年来我们不停地讨论着这件事，先用自己的手指，轻轻地，这会让你在男人面前更自由，而且很容易操作。然后你会感觉自己被钉住了，因为一个甚至都看不见的洞，你觉得自己的身体脱离了你的掌控。下一步是什么。我没有退缩。我一点一点地、耐心地把身体部位的拼图完整地组装起来，包括它们的用途。很长一段时间里有几个地方是空缺的，幸好阿尔贝特有整整一箩筐比医学字典更清楚的谜语，法国最小的火车站，我的老姑娘，只有一个旅客可以进入，小包裹要留在外面，赶紧猜去吧。未来是一张大床，我们躺在温柔的男孩的身下，双腿久久地举在空中。我要擦掉所有这些记忆，摆脱这种想象中的骚动，离开这个有些黏糊糊的友情世界，阿尔贝特，十岁，储物间。还有那双永远代表着我的手。我们和马蒂厄一起行走，但我什么也没有预料到，除了嘴唇和手臂，就像书里和电影里那样。所有的想象都破灭了。这个男孩粗糙的皮肤，他压在我肩上的手表，他的气味，一切的真实都让我害怕。我惶恐不安，完全不知道该怎么办。我感到很孤独，阿尔贝特、加布里埃尔和瘦高个一起消失了，她们把所有东西都教给了我，可是现在只剩下我一个人，还有耳边喘气的声音。也许第一次我们都是旁观者。为什么唯独没有预料到男生会这样粗暴呢？没有丝毫温情，所有的幻想都成了泡影。他把我抱得太紧了。根本不是这样的，一点儿也不像妈妈那些杂志里的小说——他们狂热地拥抱在一起；也不像教科书里的诗歌——那天晚上，你还记得吗，我们在沉默中航行。我想到了我的表哥丹尼尔，还有我在六月底的时候见过的初中的学监。突然所有的男人都出现了，我拥有了一个巨大的秘密，虽然今天只有一张嘴和一双手在我的吊带上，但年轻的、年老的，整个世界还有我自己全都围成了一个圈。作为一个秘密这有点儿太过简单了。从那个下午开始，我觉得自己站在了大人的一边。可是谁会说呢，谁会记得呢，那一刻的安娜，这些都是很久以后才会去想的事，今天的安娜，还不如说谁都不是。继续。我们坐在小路边缘的树桩上，小路变得模糊不清，因为我没有戴眼镜。我们开始说话，不过并不是关于我们刚刚做的和正在做的事，他说他很幸福，他谈到了假期、夏令营、我的皮肤，那些不该砍掉的树，还有加布里埃尔，我对这个很感兴趣，他是怎么看她的呢。他碰了碰我的胸部。我从来没有想过我们可以这样讨论一些毫不相关的事情，愚蠢的和严肃的，如此自由。我发现要想真正地交流，要能够敞开心扉，必须先从亲吻和抚摸开始，反过来是行不通的。不过只有他说了很多心里话，我默不作声，因为他比我大，他有高中毕业证书和其他的东西，而我第一次被人亲吻。把他从加布里埃尔那里偷过来对我来说已经很美妙了。他那双蓝莹莹的眼睛，金色的长发，有几次我仿佛进入了《今日女性》里的小说。我叫出声来，要是被我妈妈看见就完了！有时我会和阿尔贝特一起悄悄地说这句话，边笑边用手捂着嘴巴。但这次更像

是胜利的欢呼，她要去小资咖啡馆上班，这个可怜的
女人，那几天她没空监视我，而且这可以证明我很大
胆，我在向她挑衅，总之是一声美妙的呐喊。他对我
说我把妈妈牵扯进来太小孩子气了，我是自由的，我
只属于我自己。他试着解开我裙子后面的扣子。就像
他所说的，自由。可是我认为我必须等到以后才适合
做这件事，也许是在十八岁。马蒂厄没有意识到。晚
上我会努着嘴回到家，吃完饭我要出去，我不知道几
点回来，给我一把钥匙，他们俩的嘴脸真可笑。往大
了说，自由并不像他宣称的那样简单，尤其是在十五
岁半这个年纪，你还赚不到什么呢，爸爸是这样说的，
他没有明确说要赚什么，不过也没有这个必要，因为
对他们来说只可能是赚钱。孩子们的午休快要结束了，
必须和加布里埃尔还有她的家伙一起回去。他整个儿
靠在我身上，我抵着树。我突然发现自己不再是旁观
者了，就好像身体冲昏了我的头脑。那些有双重含义
的词，比如捆绑[12]和摩擦，之前我完全不敢使用，因

为它们的含义太污秽了，而此时它们出现在我的脑海里，却不再让我感到羞耻。后来当我向加布里埃尔说起的时候它们又变得肮脏了起来，我找不到太多别的词语。此刻加布里埃尔扯着鼻子，就一句话，渣男谁想要谁就拿去吧，所以在她回家之前我一个字也没有和她提起。我需要她才能出门，我不能和她断绝关系，是爸爸妈妈逼我这样做的，而他们对此浑然不知。在这之后第一次回到家，很难表现得行色自如，很难像平常一样打开花园的栅栏门，仿佛今天就和几年前还是个孩子时的夜晚并无二致。他说安娜，我重复了一遍，安娜。那些能让你回忆起读过或看过的东西的事总是最美好的。安娜，某种声音，也许是一部电影。必须再次见到我的父母，妈妈抬起头，她正忙着煮锅里的酱汁。我真想在别的地方睡上几天，比如说去一个朋友家，不需要把一切都隐藏起来。为什么一定要回家呢？一年级有一天放学后，我心想，为什么要回到那里而不是别的地方，为什么是这个家而不是另外一个家？为什么是我的这双脚，这条人行道，塞萨林街的这些房子，因为小狗和小鸡不会迷路，所以你必须像它们一样？可到底为什么是我和他们呢，为什么是我的父母而不是其他人？那时我还没有出生、血缘和乳汁的概念，这些东西后来掩盖了我的问题。现在它们重新出现了。如果我可以把所有事都告诉他们，我就不会有这些奇怪的想法了。爸爸在看《巴黎-诺曼底报》。我溜进我的房间，把整个经过都细细回想了一遍。再也不可能和加布里埃尔一起分享了，我们只在想象中共用过一个男孩，你要上半部分我要下半部分，阿尔贝特。晚饭妈妈吃了很多，她不停地抱怨，我的腿哟，我的腿哟，她想在爸爸放假的时候折腾一下他。她的脸颊上长了皱纹，看起来很老，已经四十八岁了。外祖母刚刚去世，所以她还不能穿浅色的衣服。我和她已经很久没有为了纯粹的快乐而亲吻了，更多的是出于义务。就算我们分开一段时间也不会发生什么，也许我已经有三年没有抱过她了。还有一些别的东西在我和妈妈之间消失了。该如何告诉她呢？难以想象。她自诩曾经也是个严肃的人，还在工厂上过班，她说我有我的尊严，我不想让别人说我是没长手的饭桶。光是想象这幅画面就让我发笑。脱衣服的时候我发现我的裙子上有一条绿色的污渍，要是被他们看见了该有多尴尬啊。我必须留心所有的蛛丝马迹，还不能忘了在离家一百米的地方重新戴上眼镜。

加布里埃尔和我又做回朋友，这是迫不得已的，她也需要一个借口，好偷偷去曙光城堡。啊，如果你晚上能出来就好了，马蒂厄提议道，不可能，必须加快进度。又一天下午，经过两三天的讨论和试探，我们去了铁路桥下面，就像以前和阿尔贝特在一起，脚下绿油油的一片，到处都是石头颜色的硬蜗牛壳，我们壮着胆站在那里看着一列火车经过，世界仿佛崩塌了。阿尔贝特说只有神经病才会来这里，有一个喜欢露着生殖器的哑巴，还有一个早该被关起来的疯子。我没有见到那个哑巴，也没有火车经过。我和马蒂厄

一起进入了一片燕麦田。我们行走只是为了把两次停
留间隔开来，我害怕坐下来或长时间待在一个地方。
眼前是一片田地。我不知道我是否应该这么快就束手
就擒，我从来都不懂规则，道德是需要在实践中学习
的，至少对我来说是这样，因为我的父母什么都没有
教给我。也许其他女孩有更多的机会，她们可以决定
哪天调情，哪天做爱，在哪个年纪，找哪个男人。这
是我无法做到的，可是为什么会有这种差距呢？马蒂
厄说一切都是自然而然的。我想起了在眼科医生家的
报纸上看到的一则广告，罗拉牌胸罩，可从前面打开，
化解引诱者的噩梦。可是并没有那么自然。只剩下半
个小时了。因为夏令营的那些孩子们，我们不得不掐
着时间。他拉起我的手，我惊慌失措，我的感觉太强
烈了。我想起了公共厕所，里面到处都是涂鸦，做爱
狂提提，大鸡巴贝贝，就像教堂里的还愿画。它们不
像是死的，而是一个比一个更鲜活地立在那里，成为
一种向那些敢于冒险的女孩打招呼的方式。我再也受

不了在这些可怕的鬼画符前尿尿了。都是些色鬼。这是一个从远处得出的观点，而在眼下我并没有把马蒂厄当成一个色鬼。不管怎样我都不会去看的，虽然那一天我终于认识了那个东西的真实形状，原来我的想象一直是错的。妈妈，贞洁是什么？很快我就发现，其实就是对这个可怕的东西的恐惧。我意识到我必然要害怕一切，直到我通过一再的观察和触摸而驯服了它，直到我不再想象我那渺小而脆弱的地方被这个畸形的东西击穿并任其糟蹋。别碰它，你会生病的，"小鸟儿"是很珍贵的。可是它已经在我的手里变得瘪塌塌的了，就像以前鞋店老板的那些愚蠢的气球泄了气，这让我稍稍放了心。我告诉加布里埃尔我恋爱了，因为她刚刚向我承认了她喜欢和拉东一起散步。我们两清了。第一周快要结束的时候，马蒂厄头发搭在脸上，一脸严肃地问我，女孩就是这样自慰的吗？我很惊讶会有人问我这样的问题，这确实是我们正在做的事，但我觉得他的用词不太合适。我在公共厕所里见过，而且，你可别说从来没和女孩勾搭在一起过，你们都有点儿像同性恋。这是我第一次听到这个名词，很好理解，但我不喜欢这种说法，我很伤心。我认为最好不要去命名，或者说不要凭空杜撰。也许男生们没有什么想象力，他们只知道一代又一代地重复同样的词语。阿尔贝特和我有很多暗号，我们把男人的叫小豆豆或咪咪，把我们的叫"小鸟儿"或"那个东西"，我们在这些叫法中把性别颠倒过来了。我只和阿尔贝特玩这样的游戏，之前没有过，之后也不会再有。我不知道该怎么向马蒂厄解释为什么我不是同性恋。和女孩在一起时我从来没有感到过恐慌，即使是两个人单独待在储物间里。区别就在于这种恐慌。我应该对他保持警惕，只有最肮脏的那些句子才让人印象深刻。还有一天，我鼓起勇气告诉他我的爸爸是工人，不过现在不完全是了，他成了工头，我的妈妈曾经也是工人，这两年她只在小资咖啡馆上班，很快她就可以不用工作了。我有些难以启齿，虽然我知道他对有钱人嗤之以鼻。他露出古怪的微笑，接着开始了一段可怕的演说。我感到既新奇又复杂，他把这称为异化。一开始我还以为他在说精神病院和疯子[13]。原来我的父母是疯子，怪不得他们什么都不懂。不只是我的父母，可以说还有很多很多人都是这样的，这多少能让人心里好受些。他叫我白痴，说我不会像模像样地思考。我没有生气，我可以学到一些东西，这总能让我哑口无言。马蒂厄变得耐心了些，他又开始了，你看，你的父母因为这个分期付款买的破房子就心满意足，再也不想去追求权利、责任和自由。我不敢告诉他我不确定爸爸是否想要这些，责任，甚至自由。他们让我继续学习，为了让我过得比他们好，赚更多的钱，不是为了自由。应该怎么做才能改变他们呢？马蒂厄很优秀，还有他的那些论证。必须努力工作才能填饱肚子，我家里人不会教育，也没有钱可以让我们一下子就获得自由。或者说变成流浪汉。我像我的父母一样讲话，因为我别无他法。我的表哥丹尼尔是个愣头青，不是什么成功人士。马蒂厄忘了像之前在肉体上那样进一步深入。必须为社会的变革而斗争。我也喜欢革命，圣女贞德被火一点点烧死，这是历史唯一让人感兴趣的地方，但是我不明白宪法有什么用。小时候我梦想着世界末日，我要把橱窗里的所有东西都偷光，尤其是蛋糕和巧克力，我还可以去卡尔维尔街，到家具店里那些现成的漂亮房间里睡觉。妈妈告诉我四十年代打仗的时候有些人会去抢劫商店，我听了赞叹不已。爸爸补充说他们可不是强盗，是像我们一样的普通人，打仗的时候大家都丢了良心。我倒很乐意把良心丢掉。不过，把你的手推车装得满满当当的，还有漂亮的房间和用来晒太阳的带薪假期，这似乎还不算幸福。马蒂厄还是揪着不放。我想象不出真正的自由，我们甚至不知道它是什么样子的。爱情，燕麦田，遥远得仿佛已经不存在了的父母和学校。好了，我终于明白了，你应该做爱。你知道，处女是不健康的。我记得清清楚楚，这些句子不停地在我脑海里打转，再也无法挥去。它们的出现使我们在家里说的那些话变得一文不值，这是它们唯一可以对抗的东西，因为我们不怎么相信老师的话。我很喜欢听马蒂厄的声音。这是我一生中最美好的八月，就算不去曙光夏令营，只是待在家里发霉，我也不停地思考着问题。所有这些超市里的人，坐在小汽车里的人，他们没有意识到他们的生活已经完了。我为自己意识到了这一点而沾沾自喜，这对以后来说是个很好的机会，因为眼下的我还在看着爸爸妈妈给花园里种出来的四季豆蘸上酱汁，还很嫩呢，别人偷不着，爸爸在饭后最喜欢说这个词，他伸了伸懒腰。我不知道该如何让他们意识到，他们被剥削了而不自知，可怜的人。马蒂厄花了很多时间和我讲人民群众，可是晚上坐在电视机前，他的故事好像丧失了真实性，他们是一个一个的，抽象的，群众是什么呢？抓住一切，打破一切，脸颊迎着太阳，拳头举起，这个美丽的红色形象根本和他们的样子搭不上边。首先，他们从来不愿向任何人索求什么，如果他们需要获得某种许可，他们会先精心打扮一番，说话彬彬有礼，也许这就是他们容易上当受骗的原因。爸爸给自己倒了一杯劣质葡萄酒，他精打细算，从来不多倒一点。是的，我才是他们异化的受害者。他们在看电视上的一个魔术表演，一些乡巴佬争先恐后地呼应，表演节目的那个家伙则故作姿态，假装没有听清他们的话，你们想说什么呀？再说一遍。这些人为上了电视而欢呼雀跃，殊不知别人根本没把他们当回事儿。我说，这个节目真蠢！你别管我们，总得看点儿什么吧。这个魔术师把别人当白痴。我们不用替他们打抱不平，他们想去就去，我们不去就行了。我还想继续说下去，可他们根本听不进去，别说啦，别打扰我们看节目。他们当我的父母已经太久了，我永远都不可能对他们进行政治教育。如果马蒂厄是我，他会怎么回答呢？可他们终究不是他的父母。我真想一直待在外面，就这样走一上午，直到加布里埃尔骑着自行车来接我。为了出门不引起怀疑，我包揽了所有可

能的差事。为了出门而出门就太可疑了。我决定不再
向那些犹犹豫豫不回应我的老女人打招呼，都是些老
巫婆，这比小声从喉咙里挤出一句含糊不清的你好要
容易多了。我骑自行车离开的时候，他什么也不想，
只在花园里做着些零活儿。有的爸爸是流氓，他们会
臆想自己是和女儿约会的那个男生。她呢，她时时刻
刻都提心吊胆，根本不会发现。她独自一人帮我清洗
我的"小鸟儿"，不要让人碰它，安娜，如果有人碰它
你就告诉我。碰它，开玩笑吧，问题不在这儿，而在
于快感，我很早就明白了。你只能碰它而不能产生快
感，阿尔贝特说她妈妈说过从来没有女人真正喜欢这
样，而我在跷跷板上很确定地发誓，我喜欢这样，哪
怕这意味着不正常。开头很顺利，触摸就是快感。妈
妈眼很尖，我才五岁的时候她就猜到了。每次我骑自
行车离开的时候都会翻一翻日历，不过这没有什么意
义。那天下午，八月十四号，圣埃弗拉尔日，太阳在
四点四十四分升起，十九点零六分落下。现在我不需

要占星算命了，我已经拥有了一些独属于我一个人的东西。我像往常一样在国道上骑了三公里，不过比平时更早一些，而且没有和加布里埃尔一起。爸爸妈妈一点钟就去勒阿弗尔了。假期也并不是一无是处。真巧，马蒂厄可以休一天假。他肯定把一切都计划好了，摩托车、路线。很难说我有没有怀疑，也许我已经默许了。我听爸爸说过，难道是我的错吗？俗话说，男人谋事，女人成事[14]。后来，马蒂厄带着狡猾的神情说，女人献身，男人折腰。我还是觉得这些话不太合适，我搞不明白，我明明是个完完整整的人，我会饿，会尿尿，会睡觉。我看着赤身裸体的自己，我没有献出任何东西，他也没有从我身上拿走什么，而且他表现得很糟糕。这不是重点，我不知道那一天的意义是什么，我只能确定一件事，不愿坚持到最后就没法触摸对方，即使只用指尖碰一碰也不行。我从来没有坐过摩托车，迎着风，戴着头盔，没有人会认出我。我的身体在巨大而沉重的脑袋下面显得轻飘飘的。我害怕死掉，爸爸妈妈会想她在那里搞什么？在沃勒莱罗斯的公路上，这样的事很有可能发生，正是因为他们不知道这件事。或者也有可能摩托车出故障，我半夜回到家，然后挨一顿打。公路是蓝色的，已经一个多月没有下过一滴雨了，我的抵抗力也被消耗了不少。我的身体融进周围的空气中，我只能勉强感觉到它是属于我的。与海面齐平的屋顶出现在前方，两边的悬崖巍然耸立着。我只和爸爸妈妈一起来过沃勒莱罗斯，夏日的星期天，我们一起在海滩上吃水煮蛋，爸爸盖着一条毛巾睡觉，有时候一些兄弟姐妹也这样，比如丹尼尔。我躲在悬崖脚下站着尿尿，妈妈帮我打掩护。我们慢慢骑着摩托车来到了海滩，我们去海里游泳，他穿着泳裤，我尽量不让自己盯着他看，但我忍不住，因为我觉得我们在大家面前几乎一丝不挂的样子很奇特。我们很快就离开了，他不太喜欢这种日光浴、赌场和广告游戏[15]一起营造的感觉。不过我倒很想在那儿遇到什么人，比方说中学里的一些女孩。我们在路上的一家小酒馆喝了一杯，在埃里库尔。几个男人色眯眯地看着我们，朝我们挤眉弄眼，后来他们直接朝我们说话，喂，你最好已经开过她的盖子了。在我那个时候，我从来不怕别人开玩笑。他们都笑得喘不过气来，其中一个一言不发，另一个越来越兴奋。我要是你，就把你的小女友好好地办了。马蒂厄觉得很有趣，很自然。他们的声音听起来很滑稽，好像我们已经变成了两个小丑，再也没有老流氓和色鬼，那个对我和阿尔贝特说想亲亲我们的老混蛋也不见了。突然间，老的，丑的，还有那个在咖啡桌上剥豆子的女人，每个人都沉浸在"那个东西"里，再也没有任何区别。我的父母也是如此，尽管我仍然觉得这令人作呕。可口可乐是温的。我必须在六点前回家。还剩一个半小时。我已经知道接下来会发生什么了，是还是不是，永远都是在这两者之间的博弈。没有发生故障，我也没有从摩托车上摔下来，我小心翼翼不让我的红裙子沾上草渍，它们太难洗了，我的湿泳衣被卷在一个塑料袋里，只有我的尼龙内裤上留下了一些被稀释过的血迹。在我的想象中，这和其他事情一样，是温柔的。我在哪个地方读到过，这是一把匕首。我总是对这些描述很感兴趣，我几乎可以把读过的每一本谈论过这件事的书都列举出来。在那一个小时里，我哭着咬紧牙关。我幻想着麻醉自己，与我不知是什么的东西战斗。我被羞辱了。也许我等待的时间还不够长，也许我还在害怕，太恐怖了。我差点打退堂鼓，算了，下次吧，让我有时间准备一下。我觉得自己很可笑。他抱怨我搞砸了，还说要把我扔掉。当然是在开玩笑而已，不过我也不是很确定。阿尔贝特说我希望第一次是在海里，或者水里，最好还是在海里，我不想参与这件发生在我身上的事，一种无法察觉的坠落。在他成功的那一刻，一阵强烈的空虚骤然袭来，我一直想知道这是怎么在里面发生的。一点办法也没有。我甚至不知道隧道的尽头在哪里。妈妈想给我打耳洞，我一直不愿意。一项医疗手续。你没法判断这是好是坏，除非你疯了，当你痛得只想大叫的时候你根本顾不上问自己这样的问题。这是我第一次敢光明正大地看他的生殖器。我一直很想这样做，这是一种权利，就像观察牙医的钻子一样。我把那条内裤藏在卧室衣柜的深处，有时我会把它拿出来，因为这是一个标志，就像日历上的八月十四日，不过比日历更私人。它只剩下一股旧衣服的酸臭味。因为拿出来看了太多次，我已经不知道它到底意味着什么了，只不过是画在一块布上的粉色和黄色图画而已。它让我想起了那个印在床单上的基督头像，一个带着褪了色的血迹的灰色的东西。我是在外祖母家看到的，它让我很害怕。我完全变了样。妈妈，贞洁是什么？不是小鸟，也不是别的什么东西。总之，让事情变得不同的并不是那块破了的膜，而是离开他之后在我的头脑里接连不断产生的那些思绪，它们追赶着我，在自行车上，在家里。爸爸妈妈七点钟还没回来。我心想理论上我现在就可以死了，我已经全部体验过了。我将不得不永远伴随着它生活，然而到最后这也只不过是一件极其普通的事而已。再也不能幻想它会如何发生了。都过去了。这些人为什么会聚集在勒阿弗尔的色情影院门口呢？以前我会偷偷地看那些海报，现在已经不会了。我把母猫抱到我的床上，爸爸说它已经吃饱了，他总是眼很尖。我觉得事情并没有按照应有的方式发生，如果不是那些可笑的、令人痛苦的动作，也许我会立刻爱上马蒂厄，他大汗淋漓的样子很讨我喜欢。我还不能触碰那个已经发生了蜕变的地方。分开的时候他把手放在我的裙子上，他说这是我的了。可是我认为它不属于任何人。我在八岁的时候就失去了温柔而无知的小鸟儿，而那只小兽一直潜伏着，我不知道它想要什么，这叫作纯洁，说起来很容易。我还没有任何可以替代的东西。妈妈给它起了一个奇怪的名字，crougnougnous，难以命名的东西，呸，我可没有这个。而且我真的觉得这不关父母的事，突然间我不再那么害怕他们了。我还是能经常看到那些挽着一个男生的胳膊离开的女孩，那些大着肚子结婚的女孩，阿尔贝特和我一直很好奇她们是怎么做到的。现在我也和她们一样了。我很骄傲。而且我可以用卫生棉条了。我想要讲出来，写下来，可我不知道从哪里开始，因为你必须追溯到很久很久以前，加布里埃尔，毕业会考，甚至还要往前，曾经做过的梦，从最久远的那一刻一直到今天。而且还需要改个名字，这样更体面。要用简单过去时，比较有距离感，我可以尽情地把一切都说出来。我想找一个漂亮的名字，安莉儿，安里亚娜，安妮亚，至少要让第一个字像我。可是这样一个漂亮的名字就不是我了。那个晚上，我对别人的故事不感兴趣。我草草写了一句话，就是那种你边写边造的句子，"我想离开这里"。我又把它划掉了，这个说法不够严肃。我放了几张唱片，不过没有认真听，要是我会一种乐器就好了，比方说吉他，可是爸爸妈妈永远都不会同意的，这有什么用呢，你会耽误学习的。因为路上堵车，他们到家的时候已经快八点了。他们不停地说这个事，累死啦，累死啦。我很高兴他们有话题可聊。第二天，我们要像每年八月十五号一样吃一顿大餐，而我宁愿跑到加布里埃尔家去，真希望她可以知道。然后去见他。他们邀请了约翰舅舅，当然还有他的妻子和女儿，我十二岁的表妹，葬礼那天她也来了，我们没有什么共同话题，她还只是个孩子。吃饭的时候，我又掉进了我那可怕的洞里，他们一个个都成了狼吞虎咽的话痨。也许他们以为我也喜欢在椅子上一坐就是三个小时，讲些超市的故事，这个便宜那个便宜，安娜你说什么，你女儿不太爱说话！和他们一样除了吃就是喝，再也无法逃离这个昏昏欲睡的家庭。他们的生活无聊透顶，我觉得他们想把年轻人留在身边就是为了防止自己变老。我的小表妹离开了桌子，她可以等到上点心的时候再回来。要是我也可以这样就好了，去我的房间或花园深处喝一杯酸奶，简直是做梦。漂亮的桌布上有一些污渍，盘子的边缘有几个鸡块。家庭聚餐简直要让我疯掉。我透不过气来。他们什么都不愿弄清楚，而我，像马蒂厄和所有年轻人一样，我知道生活就存在于那些他们秘而不宣的行为中。有一天，她笑着对一对新婚夫妇说，快去喝穷人的咖啡吧[16]！在我的父母看来，这是一件速战速决的事，一种不值得花钱、配不上好光景的替代品。而我觉得这是灿烂的。因为学习，她害怕我跑掉，所有的期望都会崩溃。也许是因为我正在放假，但我相信我会在高中学有所成的，没有什么会崩溃，相反，现在我已经做了爱，我倒少了份后顾之忧。吃点四季豆吧，不会胖的。他们的幸福在哪里？吃饭，再吃饭，买东西，晚上看电视，或者漫不经心地读点报纸，睡个好觉。马蒂厄说得对，他们已经异化到了极点。但万一我才是他们的幸福呢？我宁愿不要有这个念头。只需想象一下，我遇到了不幸，我了解自己，他们会悲痛欲绝，但我会自己处理好的，才不会去医院。我太急于求成了，这让我自己都无法忍受。他们离我很远。就是在那天的饭桌上，我想起了《私人生活》里的一个故事，是我妈妈很喜欢的那种真人真事。一个女孩离家出走，在外面穷得吃不饱饭，然后回来了，她的父母听到房间里传来婴儿的哭声，他们原谅了她。这让我大吃一惊。和马蒂厄一起睡觉与当不了老师或行政秘书有什么关系呢？好像在爸爸妈妈的头脑里这两者总是联系在一起。我也希望过得比他们好，傻子才想像他们一样活着。她从来没有真的这么说过，但我们彼此都明白，做工人是窝囊的。有时我想像她一样对来我们家的人说，在我们家不用客气。站起来，谁又能说这是错的呢？有意思的是，只要我在他们中间待上一会儿——我的父母，这个家庭，听他们说话，看着妈妈拖着笨重的身体从厨房跑到客厅，她的裙边因为那些坐着压出来的褶皱而翘起来，约翰舅舅没由来地对我笑着，他为我感到骄傲，我就再也不知道谁是对的了，就像马蒂厄说的，他们，一切都混作一团。我再也受不了在这个八月十五号的星期天在桌子边上坐着了。别人是怎么做到的呢？我想，一个人走过一

条小路之后，难免要和家人挤在一起，无一例外。我
又看见昨天这个时候在埃里库尔的咖啡馆里闲扯的那
几个老头，还有眼下的饭桌，还有我空空的肚子。所
有这些事都存在着，我没有看出它们之间有什么联系，
如果真的有的话，从来没有人告诉过我。来吧约翰，
再喝一杯，这样的机会可不是天天都有的。安娜你在
干什么呢？她在休息呢，别怪她，学习太累啦，没办
法，只有这样才能有出息。他们说的到底是哪个安
娜？晚上，舅舅、舅妈还要留下来一起吃剩菜。这是
他们的习惯，就好像他们再也分不开了似的。又要聊
天，又要吃盘子里的鸡块，不过这次是冷的，还有我
十二岁的无辜的小表妹，她似乎想让我教她一些东西，
休想，我早就不是小孩子了，所以别的小孩也和我无
关。那天结束之后，我下定决心要尽快重新开始。最
重要的是，我感受不到快乐。

　　第二天，在她家的廉租房楼下，被太阳烤焦的那
片草地上，我见到了加布里埃尔，那个老太婆。她�’

着嘴说，"你应该再吊一吊你的那个家伙"，看在我们是朋友的分上，我忍了。我后悔把一切都告诉了她，虽然我说的只是医学和技术层面的，这样可以避免牵扯太多。我等她回报我，我们两个一起分享同样的经历，她曾经说过你做了我就做。"没什么特别的，我和拉东一起散步，你知道的，他是个好人。"她在转移话题，这个腿长得和自行车手一样的婊子，老妓女。可是如果我把她独自留在这片草地上，让她一个人回想她说的那些伤人的话，我就找不到人倾诉了。我总是对朋友间该负的那些责任抱有太多幻想，比如信任，等等。只需看一眼站在这里的加布里埃尔——那么渴望知道关于我的一切然后保持沉默，你就可以明白那些崇高的情感有多么虚伪了。赛琳娜呢，可是她的思想不像我这样龌龊，我们合不来。我永远也摆脱不了。只有阿尔贝特了，不过，有一件事差点毁了我们的关系，一天下午，我的表哥丹尼尔在她跑步的时候绊了她一脚，她摔倒了，为了扶她起来，他的两只手像扇子一样搭在了她微微隆起的乳房上。我笑得要死，她说，差点尿在裤子里了。这两只摆得恰到好处的手成了我们之间的芥蒂，虽然我们什么也没有说。加布里埃尔也不例外。

夏令营八月三十号结束，他们马上就要离开了。眼前有整整一年，不受时间限制的时候，你可以更自由地思考。我想也许我会在假期结束的时候死掉，骑自行车时出场车祸。午休时，我们终于摸清了门路，我知道该怎样进入马蒂厄的宿舍而不被他的领导发现。我已经不再担心会不会被妈妈看到了，因为我已经看不到她了。有时候我很担心忘记时间，怕我会一直待到晚上。太可怕了。不过这是不可能的，我还没有粗心大意到这个地步。我习惯了我身体里的这块空白，说到底它并不会在我的成功中发挥多大作用，但我不敢向他承认，这会让马蒂厄不高兴的。我告诉自己这是正当的，如果快感仅仅存在于深处，那么女孩们在被一个男人侵入之前将永远体会不到欲望，我认为这是荒谬且不道德的。离开曙光城堡之前，我陪马蒂厄和那些孩子们待了一会儿，他们大声起哄，那是他老婆！伴随着一声胜利的"耶!"我一般不太喜欢小孩，他们和我靠得太近了，不过这一次，我开始看着他们玩躲避球，他们唱起《我们是夏天的孩子》，我们好像进入了同一个圈子。大家看起来都很高兴，输掉的那几个也是，眼睛睁得大大的，鼻涕一不小心就从鼻子里淌了下来。我很羡慕那些女辅导员，我真想留在这里，跟马蒂厄和孩子们待在一起。那一刻我对每个人都充满了热爱，尤其是穷苦的人，叫什么来着，就是我父母说的那些没有什么什么的人，还有那些长得丑的。也许我觉得自己高人一等，因为我和一个还不错的男生做了爱。更重要的是，这些孩子，甚至大人，我觉得自己和他们靠得更近了。小的时候我讨厌那些又老又丑的混混。现在不一样了。可是我靠什么接近他们呢? 我与他们衰老的身体、狡猾的眼睛和其他我发现的一切没有任何联系。同样，我的幸福和那些我在十二岁时苦心钻研的字典里的解释也毫无关系。它很难定义，你可以轻而易举地讲述你做过的事，而乐趣已经被消减了，它就像一个秘密。一天下午，我走到宿舍的小窗那儿，我看到他在床上吸烟，阳光斜照在他的肚子上。我要写下来，是的，我要在一本私人日记里描述他的房间，也许还有他的生殖器，不过是用别的词语。我们一起听吉米·亨德里克斯，我从来没有如此真实地感受过当下，也许这就是十六岁，无法抑制的想尖叫的时光，我感到幸福。我的整个童年突然有了意义，它向这里走来。假期，十月份，我们在外祖母家里玩捉迷藏。我躲在房屋后面的荨麻地里等他们来找我。我被遗忘了，诡异的寂静笼罩在四周，我是安娜，安娜，安……娜。我的面前是未来，要一直活到这个未来。我重新找到了其他人，仿佛我刚刚看见了在云中显现的圣母或其他什么圣人。而我终于回到了那里。和谐。我们两个人一起说话，还有其他几个辅导员，他们教了我很多我不熟悉的词语，被人陷害、操控，这并不恶心，我还分清了左派、右派、无政府主义者和共产主义者之间的区别。我想我仍然会很迷茫，虽然现在我已经不在乎了，如果没有认识这些人，我的眼前将会永远是雾蒙蒙的一片，我的父母什么都不是。老师们宁愿灼伤自己也不愿发表他们的观点，就好像他们没有这个权利，然而这其实是很有用的，可以帮助我们弄明白他们的想法和他们说的话之间有什么关系。可我们只能猜测。听马蒂厄发言的时候，我觉得他说的每一句话都是如此正确而明智，只有少数几个细节让我感到不舒服，但可能是因为我还没有完全理解。他说大众的教育高于一切。他是对的，看到夏令营的孩子们在我眼前跑来跑去，我发自内心地想成为一名老师，不仅仅因为这是个不错的职业。可我无论如何都没办法接受大众这个词，在家里我们总是大吵大闹，邻里关系在我看来也不太像大众，我们把自己当作一个灰色的集团，而我处在中央，这个所谓的大众简直让我受不了。我学到了责任和自由，这些词语变得非常真实，尤其是在夏天，天气炎热，我们穿得很少。回家就像回到了猪圈，老天爷，千万不要让他们知道我干了什么。该怎么让他们明白呢？左派分子只会抢劫商店，他们不会轻易让步的。他们要讨论天气、花园和路上的行人，哪里还容得下革命呢？必须让其他人来替他们做这件事，而且他们还会不以为然，这一切会有什么结果呢？以前可不是这样的。总之，我不指望他们能和革命搭上关系，有时我想象一场革命爆发，但我从来不把他们算在里面。马蒂厄还说，永远不要忘记我属于工人阶级，这是很重要的。一开始我甚至有点儿羞耻，让我吃惊的是，我一直被这个阶级包围着，却没有注意到任何特别之处。因为你没法和资产阶级比较，你懂什么叫资产阶级吗？真的？也不能说懂，就是有过些一面之交，比如说那个眼科医生。老师们则不一样，你不知道该把他们归在哪一边。一天下午，我们一起去营地附近的村子里撒欢，我们在那些哑巴似的乡巴佬眼前唱起了歌，

"是一只小鸟我的孩子"。我叫得比谁都响，在这些看起来像我的父母一样疑神疑鬼的人面前释放自我，我感到很快乐，而且也不会有什么风险。又过了一个星期，我不知道为什么爸爸妈妈什么都没有察觉到——我的表情，还有我时不时地迟到。我也说不清他们这些天做了什么，只知道妈妈有时会去小资咖啡馆。我盯着她的一举一动，然后我意识到父母一直停留在原地。他们没有起疑心，也许是因为他们正两眼向前朝着期待中的我走去，以至于剩下的一切都看不见了，或者说他们需要时间才能清醒过来。还剩下九天。

我们聚在一起给一个女辅导员过生日，就是我最喜欢的那一个，因为她很安静，我们不知道她和谁一起睡觉，总之很神秘，我希望在二十岁时能像她一样。我一直很喜欢观察那些老的和年纪比我大的人，然后告诉自己我也会变成这个样子，想想都觉得不可思议，不过我还是忍不住去思考。一想到将来的我不会像任何人一样，我就觉得不寒而栗。我们喝了很多起泡酒，唱了孩子们的圆舞曲，后来还说了一些更粗俗的东西，就像以前和阿尔贝特一起时那样。不过说到底都是一样的，都是为了开玩笑。雅恩坐在我对面，他不和任何人一起，只是弹着吉他。他的脸长得很清秀，我永远无法想象他会怎样得到我，怎样对我说话。他有一种男生特有的神秘感。做朋友，这和泡沫一样虚幻，无济于事。我事先就对永远不会发生的事感到遗憾了。"有横摇，有纵摇"，雅恩在右边揽着我的腰，马蒂厄在左边。歌声越飘越远，某些事情在我身上隐秘地发生了，再一次，我的右侧袭来一阵恐慌。雅恩好像在抚摸我。我本应该进行一场激烈的心理斗争，这样我至少可以借助抛硬币来做决定。可我只顾扯着嗓子唱歌，就好像已经大功告成。我一直相信只有在相互触碰之后才可以自由地对话，可这在现实生活中太难操作了。我还有马蒂厄，目力所及是马蒂厄，在这个八月，过去之于未来就像一个沉甸甸的包袱。好奇心在我这个年纪是很正常的，没有好奇心才是件怪事，只不过它会把你带到不知什么地方去，而且女孩的好奇心是不被看好的。现在我的好奇心越来越少，里面已经完全干涸了。我想象着那些慢悠悠的动作，真是愚蠢。快要六点了，营地的孩子们在吃晚饭。他很着急，我们一直走到了燕麦田，我有些不安。同样的地点，而身边是不同的人，我觉得自己很坏。这片燕麦田就是时间，它悄悄溜走同时又停滞不前。他的话不多，不过一开始并不需要说太多话。然而这次开场白没有持续五分钟，我混沌的头脑追不上他，他甚至都不在乎。我意识到，他举止粗暴是因为，可以说，他在取代某人的位置，也许他一直在考虑这个问题。我呢，我对他以前的女孩不感兴趣。这有些不明不白，我觉得他永远都只会把我当成一个花心的女人。答应我你会来我家看我。我拒绝了。返回的时候他说我喜欢的那个女辅导员是属于他的，最好什么都不要让她知道，哦，反正也无所谓。我和男生之间第一次出现了一个可怕的窟窿，之前我一直以为我们至少在那些时候是一样的，我忽略了某种东西。我开始反抗，几乎要叫出声来，他没有权利这么说。雅恩，当我感觉到一些我无法解释的东西时，我会尖叫，你没有这个权利，这个词对我来说就是一切。他开始对我说教，如果你不想让别人这样对你，就不要把自己当成一个可以转手的物品。突然，我完全明白了，我后悔不已，我觉得马蒂厄可能会有同样的反应，他会无情地把我抛弃。而我还以为一切都可以弥补。骑自行车的时候我真恨不得马上穿越到明天，去看看马蒂厄会不会不理我，我要让他明白雅恩根本算不了什么，他背叛过加布里埃尔，也许就不敢责怪我了。即使是雅恩也甩过他的女孩。想到这里，我并不觉得自己是个物品，应该说他也曾充当过我的物品，尽管他显然一刻都没有为此怀疑过。一想起他那趾高气扬的样子，我的推理就不堪一击。在男生的自信心面前，逻辑根本狗屁不值。到家的时候，爸爸妈妈正在吵架。在那一瞬间我以为是我的原因，不，是因为他们开车出去兜风和购物的时候被撞了。你没看到车来了吗？不是很明显吗？就那辆车，你爸爸就知道一而再再而三地犯同样的错！我还有别的事要做呢。假期很少有安宁的时候，显然是待在一起太久了的缘故。我从来没有和马蒂厄说过这些事，我从小就知道晚上会发生什么，他们会打架，然后警察会来，我就堵住自己的耳朵。不过现在我已经对这些事不那么敏感了。那天晚上我甚至觉得很高兴，因为我可以不用说话了。而且现在也不是该插话的时候，他们似乎从来没有想过他们的争吵可以和我有什么关系。他们为了那辆该死的汽车吵得不可开交。以前我和他们一起坐在车里，人造革的味道让我快要喘不过气，他们紧紧盯着眼前的路，就像两尊皱巴巴的雕像。随他们掐脖子去吧，我只想回到四个小时以前。我洗了洗脸和胸部，我不太相信水能有多管用，不过为了清除某个人的痕迹我本能地这样做。老天爷啊，千万不要让马蒂厄知道。在这个假期里，我第一次觉得我的身体很丑。我打开了收音机，正在放一首歌，"我会日日夜夜地等待"，就像一个平平无奇的预言。我们开始吃饭，爸爸妈妈默不作声，她时不时突然来一句，也不知道去勒阿弗尔之前能不能修好，等等。我帮忙洗了碗，我不停地想象着第二天把一切都解释给马蒂厄听，而雅恩什么都不会说，或者两个都要。怎样才能不让马蒂厄知道呢，我的胸部，是的，我也想要我的胸部。我惊恐地看着自己的身体。男生会不会对着镜子里的自己说你让我害怕呢？我把头埋在枕头里哭了，以免被爸爸妈妈听到，尤其是爸爸，他会见缝插针似的马上过来问我，你又怎么了？就好像在说：烦死了，你还有什么不满意的？

　　第二天我还是没法安下心来，所以我先去找了加布里埃尔，让她陪我一起去夏令营。答应我你要帮我，亲爱的，装作我还和马蒂厄在一起，我会报答你的。在走廊里我们碰到了雅恩，我故作轻松地微笑着打了个招呼。我甚至有些失望，因为他匆匆回了我一句，嗨，我要带孩子们去寻宝。马蒂厄从他宿舍里出

来，加布里埃尔大声喊道，我先走啦，一会儿见！我
明白，他那审判员一样的脑袋里什么都清楚。想聊聊
昨天的事吗？我们开门见山地聊了起来，如果你不想
要了的话，就说出来。我都猜到了，除了那些下流的
东西，我就知道我没法把他从那里拉出来。他躺在床
上，手臂放在脖子后面，我又不是傻子，你找错地方
了。似乎已经没有沟通的可能了，所以我坐到他身边。
我说了一些有点像电影台词的东西，听起来愚蠢又可
笑，我不习惯和他在一起，我只属于你一个人。他红
着脸，头发全部扎着，一句话也不说。他开始脱衣服，
只脱了下半身，他想把我那天下午穿的牛仔裤也扒下
来。我感到恶心，真想死掉，我把他的手拿开了。我
想到了妓女。和阿尔贝特一起的时候我们经常讨论妓
女，就好像我们对这件事很向往似的。我的牛仔裤染
上了一些污渍。他直起身子，跪在床上，双腿微微分
开。突然间，我远离了银幕，一切都不再有任何意义。
骚货，他说。他和雅恩想的一样，雅恩也和他想的一

样，无穷无尽，而我在中间，像一坨屎。我一直跑到走廊的厕所里。音乐声从女辅导员的宿舍传出来，她们平静的生活让我心碎不已。我趴在马桶上哭了很久，我洗掉了牛仔裤上的污渍。小学的时候，有一个女生尿了裤子，她遮起来不让别人看到，然后课间在厕所里待了有十分钟，大家笑了她好久。我已经不敢从这个地方出去了。洗脸的时候我把自己弄湿了，加布里埃尔肯定会发现的，什么都逃不过她的眼睛。女孩们的房间里一直传来音乐声，这是最糟糕的。我从门上的小窗户里望了一眼，走廊里一个人也没有。我赶紧溜走，我知道我已经不想再看到加布里埃尔了。我在自行车上胡乱地踩着脚踏板，我真希望有个莽撞的司机能从后面撞上来，没有任何感觉，然后一命呜呼。最残忍的是，我曾以为我和他们一起找到了一丝自由，他们说处女是不健康的，社会必须被摧毁。我看到了自由，阳光下的大床，和今天的一样。也许，这种自由是无关紧要的，他们还有一些我不知道的规则。我在自行车上哭了。处在一个我从未怀疑过的标准之外，太让人难受了。这样的事会不会发生在一个男生身上呢？残忍的女孩羞辱他，直到让他发疯？简直无法想象。我开始想，我缺少一个标准、一些规则。不是来自父母和学校的那种，而是能让我知道该如何对待我的身体的规则。他们应该为禁忌列出一些规则，万一有人更喜欢触犯禁忌，这样会更方便，会更有利于他做出选择。尤其是当你是唯一的女孩的时候。该如何想象男生的想法和感受与我不一样呢？他们所有人都让我恶心。我又看到了那双在厕所的黄色水池里洗牛仔裤的手。所有人都变得湿哒哒的。汽车在国道上飞驰而过，有几个人从我身边经过时还朝我按喇叭，混蛋。我的牛仔裤在太阳底下很快就干了，我可以回家了。如果能去别的地方就好了，可是去哪儿呢？永远都是同样的问题。走近栅栏的时候我意识到我没有戴眼镜，它被塞进我的衬衫口袋里了。有一个镜片裂了，想起来了，我在那张床上挣扎过。灾难，不得不面对灾难。我的脑子里只剩下这件事。我手里拿着眼镜走进客厅，妈妈正在给爸爸缝补一件毛衣。风暴骤起，我被卷入其中。我哭了，我辩解说不是我的错，她抱怨起来，你想把我们气死呀！爸爸赶了过来，新眼镜还没戴一个月呢，你说她是不是故意的？真是一点儿也不会珍惜，你真以为我们赚的钱是大风刮来的呀！而且还得再跑到眼科医生那儿。他们朝我大吼大叫，不过这倒让我松了一口气，我所有的眼泪都被抽干了。确实，每次到了月底，爸爸妈妈手头都不宽裕，要付那么多账单，所以有必要弄清楚我是怎么把这副眼镜弄坏的。不过他们已经扯到别的地方去了，她什么都有了，总该满意了吧！谁还敢说我们不关心她，该死的，我要去见见那些老师，她学习需要的所有书一本都不少！我还是觉得这和眼镜没多大关系，但我没有回答，我在想更糟糕的事。爸爸终于说，社保会给我们报销的，只要我们找到那张处方单，甚至可能都不需要再去看眼科医生了。总可以找到解决办法。妈妈不想这么快就善罢甘休。爸爸更冷静一些，也许他在想那辆撞坏了的车，在想他犯下的错，这件事使我们两个站在了一起。你肯定没有把眼镜戴上吧？不然，她继续说，你在耍派头，小姐，想讨好谁，嗯？我担心她已经都发现了，永远没法瞒过她的眼睛。父母就是这样的，无时无刻不在监视你，有没有睡觉，有没有吃饭，有没有洗澡，不过她知道的不多，只是一个大概的印象罢了。你的小姐妹，漂亮的加布里埃尔，她一定让你很不爽吧？我看见她和一个长头发的小子在一起。爸爸很尴尬，样子看起来有点傻，她知道除了学习不能想别的事，是吧，安娜？他几乎是在恳求我。他想说，好啦，乖一点，不要急，我们好好过日子。以前我和他一起玩，我们一起唱歌。墙上有只小母鸡，咕咕咕咕啄米吃，小蜜蜂，大黄蜂，嗡嗡嗡。现在看起来多么遥远啊。我觉得妈妈越来越像外祖母，她的腿肿了，她会在三十年后死掉，那时我已经绝经了，这是一场可怕的轮回。我喘不过气来。她还在喋喋不休，人没法一心二用，从今天开始我就要盯着你。千万不要啊，老天爷。我没法回答，因为我们隔得太远了。殴打母亲是最严重的罪行，我在六岁时惊恐地闭上眼睛，坚信只要想象一下事情就会发生。那时我真希望她赶紧离开，死掉，因为在心里我已经离她而去了。我把眼镜留在桌上，这是我第一次有勇气在他们争吵时逃走。以前，我会呆坐在椅子上，不管他们怎么议论我，说我哪里哪里不好，等等。回到房间后我还在不停地流眼泪，成年人还会这样一直哭吗？也许这就是他们所说的苦海。我哭是因为他们为了一块碎掉的镜片就大呼小叫，这可是花了钱的，然后其他所有事情都变成了错的。我脱掉衣服，站在镜子前看着自己，我能听到他们在隔壁发出的声音，他们一如既往地四处摸索，设闹钟，开关的声音。我不敢碰自己，马蒂厄说过，现在这是我的了。我忍不住去想这句话，就好像那种羞耻感不曾存在过，不是我以为的那样的，这只是一个误会罢了。我这样想着，因为回家就是灾难，还要被七嘴八舌地教训。我小心翼翼地打开收音机，还在唱"我会日日夜夜地等待"，这靡靡之音倒让我很喜欢。我看到镜子里的自己被晒黑了，像一团黑色的影子。我听到他们已经睡了，至少妈妈已经睡着了，爸爸大声喊道，关掉你的收音机，还让不让人睡觉了！我有一个和她一样的身体，我做了他们做过的事。我告诉你，赶紧关灯睡觉！还有比这些话更讨人厌的东西吗？第二天，我决定再去见一见马蒂厄，和他谈谈，去营地以外的地方。再做一次真正的爱，像以前一样信任他。也许这太疯狂了，听起来像是一个伟大的爱情故事，至少在我看来如此，我等他，他来了，然后一刀两断，就像一首美丽的诗。我听了很多唱片，里面讲述的都是同样的事，丑陋的，错过的，只是用词不太一样，所以听起来好像从来没有错过。你可别说你从来没和女孩搞在一起过，嘿，为了开你的盖子是吧，不过这算不上什么感情。我戴着以前的眼镜去了城里。我寻找要买的东西，开学要用的笔和本子。我在街上走来走去，我随时可能会碰到他，还有咖啡馆，他会去那里买香烟和报纸。连着三天过去了，我不知道自己到底在寻找什么东西。有时我不确定我是否真的和他睡过，我用英语对自己说，to lie，to lie，也有撒谎的意思。橱窗里已经开始卖书包和毛衣了，天气还是又热又干燥。每一次摩托车在我面前横冲直撞的时候我都会停下来，看到一辆和他的一样的，我的腿就像灌了铅一样沉重。我经常认错。我必须早点回家，以免惊动妈妈，尤其是在她不工作的时候。我宁愿她像以前一样去厂里上班，这样我就可以安心了。留在家里以便更好地照顾孩子，这并不完全是件好事，要取决于你站在哪一边，我只觉得厌烦。因为有几个时间点我很确定可以碰到他，比方说傍晚快六点，可是那个时候我只能待在家里。我常常看着妈妈颤抖着身子，用熨斗和她粗糙的手把布料抚平，嘴里一直念念有词。要确保家里干干净净的，要是让别人看到我们的窗帘是黑乎乎的，他们会怎么说我们呀。确实，我们要有最起码的尊严。我认为八月底我已经完全不爱他了，曙光城堡的夏令营慢慢接近尾声，辅导员们马上就要离开了，而我要一直留在这里，我会去上高中，然后一切都将毁于一旦。我的眼里只有厕所里的那个黄色水池，简直是侮辱。她的两只手上长满雀斑，指甲剪得短短的，每次弯腰去擦方砖地面上的污渍，她会把两腿岔开，灰色的裙子被撑起来，我可以看到她腰带上的图案。一副奇形怪状的样子。我觉得自己已经离开她了。她只是一个和其他女人一样的女人，总是说着同样的话题，重复着同样的词语。想到我以前那么爱她，曾经的那个小女孩就是我，真是不可思议。她的声音呢，在那些聚餐的日子里，我会靠着她的胸口睡着，我听到那些词语从她的喉咙里吐出来，轰轰作响，仿佛我就是那声音所生的。让他们都去死吧，包括爸爸。除了她。看到她站在海边陡峭的悬崖上俯身向下，我害怕得快要晕倒。她会让自己掉下去，作为对我的恶行的惩罚，以证明她并不需要我。如果我的罪孽太过深重，她有权让我死掉。别碰它，千万不要给任何人看，听到了吗？只有她可以清洗它，给它穿上干净的内裤。这是她的财产。当阿尔贝特开始教我的时候，我真怕妈妈会让我去死，这样我就再也无法经历流血、乳房变大和被男孩追求了。我的身体逃脱了她的掌控，而她浑然不知。让她也生一场病吧，这是个好办法，我可以趁机溜走，到街上去，到街上去。她把我当宝贝，让我躲到她的裙子底下。我用她的东西打扮自己，上面有厨房和脂粉的味道，她的内裤上有一些不知从哪儿来的干掉的图案，闻起来就像母猫嘴里的味道。我总是想和她一起睡觉。去尿个尿，有感觉吗？不要憋着，对身体不好。我曾以为憋尿就是一种罪恶，是可耻的。就因为那个地方，那种湿润的快感。可她从来没有谈起过快感，尿尿是我们唯一可以讨论的事情。连着三天，快要六点的时候，我在家里转来转去，他应该是在城里，他停好了他的摩托车，他进了商店，他又出来了，他把报纸放进衬衫里。我真想杀了他。从来都对男生和男人疑心重重，也许连爸爸她都信不过，嘿，别忘了把厕所的门关上。喂，那个老皮条客、老流氓，你没看到这里有小孩吗？你再这样我可去找警察了。她唯一不能原谅我的最严重的错误，就是我获得了快感。幸好还有阿尔贝特。不过还不够，后来我围在她身边缠着她，求她把那些秘密告诉我，有红色的和黑色的，就像女人的小鸟儿和画在老桥上的、边上还有说明文字的男人的棒槌一样。我真希望她能把我从这个沉重的负担中解救出来，它占据了我的大脑，独自一人胡思乱想让我喘不过气来。我看了看时间，六点半，结束了。虽然她从来没有对我说过什么，以后我们之间有了这些对话，我会表现得对这件事很感兴趣，装出一副邪恶的样子。女孩们没有这个权利。精神必须纯洁。布隆老妈，我早就说过，这和财富没有一点关系，还好还好。就在昨天，她又重复了一遍。我想这就是我无法再爱她的原因，她从来不向我解释我内心感受到的和我周围的这个世界。她总像在重复一些事情。她是从什么时候开始给我灌输她那些关于工作、道德和教养的胡言乱语的呢？小时候我并不把他们的话放在心上，儿时的记忆就像一部无声的电影。如果没有马蒂厄，也许我永远无法完全意识到，我只会觉得她很烦，仅此而已。对她来说已经太晚了。

八月三十号，我在五点半左右出了门，我的鞋子一直等到那个时候才准备好。你明天再去吧。不，我就想今天穿。真麻烦，你可以穿另一双。那双和我的裙子不搭。你太考究了。我想穿什么就穿什么。好吧，随你的便。出发。我和她那些长长的对话背后往往隐藏着其他的意图，不然，为了一双破鞋子有什么好说的呢？在商店门口，他的摩托车，这次可以肯定。我冲进对面的商场，橱窗反射出整条街的景色，淡蓝色的影子恍如一个梦。几个图书销售员朝我瞟了几眼，我看了看手表，装作在等什么人。"这人到底在搞什么鬼。"他出来了，手里拿着一份报纸和他的头盔。他跨上摩托车坐着，双脚撑在地上，扣好头盔，背微微弓着。他拉下挡风板，然后调了个头，没有朝我的方向过来。我就站在商场的门口。也许他发动摩托车的时候正看向前方，因为他戴着头盔，我永远没法知道。他好像没有看到我。在回家的路上，为了防止眼泪流下来，我张开嘴巴，头微微向后仰。街上的人会把我当成疯子，这让我害怕，因为有时连我自己都无法确定我没有疯掉。

九月份爸爸回去上班以后，他说，不是我说，越到后来总是越来越无聊。确实是这样。最后一次见到马蒂厄的第二天，我在电视机前，他在读报纸，几只胡蜂被困在了窗帘里，他用报纸把它们打晕，然后用打火机烧掉。一切又恢复了我第一次踏入曙光城堡之前的样子。早上，把床单和被子堆在窗台上，她把房间打扫得一干二净。我慢吞吞地喝我的牛奶咖啡，吃了一块面包片，又吃了一块，涂了很多很多黄油，我只想着嘴里的滋味。也许她很高兴能在早上看到我，尽管我甚至连招呼都不和她打一声。你睡得好吗？昨天晚上下暴雨了。我没有听见。她心想我马上就要去上高中了，其他的她也不在乎了。因为她是一个工厂的工人。我环顾四周，这个房子开始变得陌生起来。我告诉自己我还会再见到马蒂厄的，他会给我写信，他没有我的地址，不过他可以去找加布里埃尔，因为加布里埃尔会把她的地址告诉拉东，而他认识拉东。或者他明年还会再来曙光城堡。在这一年里我要对付功课，要在高中认识新的朋友，要面对一个深渊。两年后，等我成年了，我要去巴黎，我会去他的大学里找他。出发，立刻马上，找一个工作，我只想过一次——车站，月台，人群，然后呢？独自一人带着我的行李箱，只是想一想我就已经惶恐不安了。我总是把我的表哥丹尼尔想象成这副样子，就是那个愣头青，你要相信世界不属于我们，大家都害怕他。妈妈把她的衣服晾在了外面，多好的天气，正是晾晒的好时候。那个女邻居也一样。我们不可能离开。我偷偷地买了和马蒂厄一样的报纸，至少要跟上他的思想，不过这太难了，而且离我们在这里的生活太遥远了。我不再读任何东西，连图书馆也不去了，我不知道，我需要关于我的故事，但因为这不是一个故事，所以我不大可能在书里找到。我在报刊亭看到一个书名，《幻灭》，我草草翻了几页，看不懂，应该不是和我有关的那种幻灭。后来我试着看了一份他们所谓的关于"青春期"的报纸，女孩们在和男孩睡觉后被一脚踢开，我不明白她们为什么要把自己的故事吐露给这个好心的老太婆，我们完全可以猜到她会给出什么样的答案，亲爱的小姑娘，忘了他吧，吧啦吧啦。我要找的并不是一个解决方案，我想知道的是为什么从七月以来会发生这一切，为什么我再也无法忍受任何事情，现在应该如何生活。这些在知心专栏里是找不到的。有一个女孩哭哭啼啼地说她怀孕了，多么可怕呀，那个老太婆不苟言笑地回答，去告诉你的妈妈。简直是个大笑话，我仿佛看到了自己。幸好我躲过了一劫。有一天早上我意识到，这不可能再发生在我身上了。有什么东西和血缘一起消失了，再也没有留下任何有关马蒂厄的印记，被我的肚子清理和赶走了。我感到忧伤。月经比日历更能丈量时间，在两次经期之间可以发生那么多事。我又想起阿尔贝特告诉我的那套秘密的占卜术，你明白吗，月经的第一天，你看，做得很好，你可以获得一个预言，推迟的日子也可以用来预测未来。周五写的是"悲伤"，九月三日的是"遇见"，推迟了两天，又是悲伤。真令人失望。我收拾我的房间，准备新学期用的东西。我的胃口变得很大，一天要吃掉很多饼干和香肠。终于下雨了。我在花园里晾湿衣服的时候，那个老流氓一直站在那儿，他的脸邪恶地扭曲着。现在我还在乎什么呢，他大可以在我面前大摇大摆地走来走去。早上好，先生。妈妈对我说，你需要的东西要计算好，四百法郎，不能再多了，不要买那些不三不四的。花钱不能大手大脚。她很惊讶我这次"来"了这么多，我一直都知道她会偷偷翻我的衣服和垃圾桶。整整流了八天血。单独和我在一起的时候，她又问我，你没有哪里不舒服吗？这太奇怪了。她谈论这件事让我觉得很尴尬，月经就像冰山的顶端，是我和她之间仍然可以开口讨论的部分，然而一旦月经不再来，事情就会变得很危险。开学前的星期六，他们去了超市，车子已经修好了。回来的时候后备箱被塞得满满的，妈妈把车子里面打扫了一遍，爸爸清洗了外面。一切又重新开始了，没完没了的星期六，洗洗刷刷的家务活儿，电视上播放的牛仔电影和歌曲。我突然开始害怕自己会变成疯子，就这样看着他们然后疯掉。我抱起母猫，它已经变成了一个庞然大物。爸爸说它马上就要有小猫了，也许它已经有了。我也害怕开学，因为我没有多余的心思放在学习上。

幸好我的眼镜及时修好了，开学第一天我就可以戴上它。我在班里只找到了赛琳娜。这群欢呼雀跃的老师总是一开始就让我头晕目眩。所有人坐在座位上，像小学那样排成一排，过了一个假期，我感到自己很多余。和老师待在一起我永远不会觉得自在，哪怕是最和蔼的老师我也没法放松警惕。不过第一天你可以尽量让自己不惹人注意。他们的眼睛在所有人身上扫来扫去，有几个学生已经在试着用一些俏皮话为自己吸引目光了。我们看到了课程表，周四一上午的空闲时间对我来说毫无意义。阳光很好，我看着窗外红色的墙壁和其他的窗户，不过没有看太久。必须认识所有这些面孔，特别是女孩们。文科班里并没有太多男生。有两三个还不错，但我没法想象自己和他们中的任何一个在一起，他们看起来都像书呆子。除此之外，男生们在课上总是会装出一副对女孩毫无兴趣的样子。课间的时候，大家都在聊自己的假期。我预感到赛琳娜马上就会交到别的朋友，我们彼此并没有太多共同点。她在南斯拉夫待了一个月。我很好奇她挺着她那被衬衫紧紧包裹的胸脯经历了怎样的艳遇。我们对其他人一无所知。法语老师布置了一篇三个星期后交的作文，世界的尽头。以前我很喜欢开学，喜欢乱糟糟的感觉和认识新面孔，我好像到了另一个世界。新学期的第一个星期三，我忍不住了，我回到了曙光城堡。夏令营已经关门了，那扇小窗没有开在我可以看到它的位置。沿着草地走，我看到了一些黑色的狗屎，是我们第一次说话时那只生了病的狗留下的。已经一个半月了。它还会留在这里多久呢？我很高兴，但我觉得我不应该待在这里。在骑车回家的路上，我算了一下，外祖母已经去世两个月了。两个月以前，她对将要发生的事情同样一无所知。我想象她在读别人借给她的小报，还有《朝圣报》，在她的阁楼里，一簇簇晒干的四季豆挂在头顶，我从底下钻过，它们发出窸窸窣窣的响声。可她已经老了。

我遇到了一个骑摩托车的家伙，就是七月份认识的加布里埃尔的那些朋友中的一个。他在犹豫要不要停下来。他转了几圈，我站在路边等他。我想再见一见出现在马蒂厄和夏令营之前的人。我把这当作一个预兆。就好像我面前还有整个假期，一切都可以重新开始。他叫米歇尔，十八岁。在他身上最困难的是好好聊聊天。他在汽车修理厂上班，所以我们没有多少共同话题，没法在进入正题之前不着边际地东拉西扯。男生和女生的友谊只是个骗局，不然呢。我们约了周四上午见面，他会有办法的。我也是，只要你想在父母面前蒙混过关，你总能成功，只不过会有点麻烦。他值得吗？我看着他苍白的脸颊暗自思忖着。只是趁着我的兴致顺水推舟罢了。周四早上醒来，和他的约会变成了一个负担。我宁愿躺在床上，我感到脑袋边上的床单很冷，里面则是温的。我的睡裙跑到了腰间。为了让回忆变得更真实，我张开双腿，可是我只想哭泣。他站在学校旁边的街道上，离大门很远。高中里的男生和我，两个了，啧啧啧。他把他的摩托车从两腿之间提起，笑了几声，然后在坐垫上一起一伏地跳着，时不时抬起前轮。我感到尴尬，因为他看我的眼神很怪异。看到他骑在坐垫上的牛仔裤，我已经心中有数了。我们一起去了一家小酒馆，他玩起了弹球机。

他的胯部朝着机器移动，灯光闪烁着。他在我身边坐下，翻起了我的帆布包。他把我的眼镜拿出来，我大叫了一声，千万不能又让它碎掉，他们准会把我送进少管所。他又拿出我的课本，边翻边做了几个鬼脸，然后突然变得神情忧伤。他闭上眼睛，你不知道，我受够了一切。我试着问他为什么，尽管我自己早已烦透了，没空替他操心。一切都乱了套，父母、工作，他一遍遍地说所有这些都很愚蠢。也许我和他之间是有一些共同点，但因为语言上的问题，我们没有什么好说的。我问他是否对政治感兴趣，你读什么报纸？噢，别这么无聊。他不喜欢我和他聊一些他不了解的东西，我把马蒂厄告诉我的事复述给他听，可他一无所知。我发现男生不喜欢被人教育。我看见了一些正在建的大楼，也许用得上。天气很凉爽。晚上爸爸咕哝着说妈妈的脚太冰了，让她不要把它们贴到他身上。这预示着秋天要到了，寒冷即将来袭。我把一件宽松的大毛衣套在那件小一点的外面，还有一条灯芯绒牛仔裤。我不知道该说什么，"你知道吗，我们第一次见面那天，和加布里埃尔一起的那次，十五天后我的外祖母就去世了"。他愣了一下，因为什么？不为什么，突然就死了。呃，好吧。和其他时候一样，我的时间总是很紧张，只剩下一个小时了。他的气息很重，我不太喜欢。他什么也不说，既没有脏话也没有客套话，不过他看起来很高兴，很温柔。和随便什么人在一起，这就是父母的想法。我不知道他姓什么，只知道他上班的汽车修理厂。我想是因为我穿得太多了，我没有任何感觉。我发现他冰冷的手放在了我的脖子上，穿堂风从我们进入的这间正在施工的屋子里吹过。他伸进了宽松的毛衣里，同样的场景，我想把他的手拿开，最让我恶心的是他那双闭上的眼睛。我感觉到了，性，没错，就是这个再笼统不过的词，用在这里正合适。我有些反胃，我想到了身体里的那块空白，就好像它在很远的地方，在胃的顶部被挤压了。我穿的是之前在夏令营穿过的那条牛仔裤。我想到了那些青春期姑娘的信，当我什么都不想要的时候该怎么办？如果你不想，这个嘛，所有的女孩都会这样做的，就像护士那样。他越来越让我恶心，我躲开了。我得回家了，妈妈会追问我的。他一下子慌了神，我才不在乎，甚至正相反。我扯了扯我的毛衣，整理了一下我的头发。毫无快感的触摸，这样的答案，好吧。我们牵着手一直走到了马路上，我再也不想见到他，所以好聚好散吧。我拿出了我的秘密记事本，把米歇尔的名字写在了雅恩和马蒂厄下面，还有日期，九月二十二号，星期四。星期六从学校回来的时候，妈妈说你看报纸了吗，那个谁，阿尔贝特·勒杜，她结婚了，你和她在塞萨林街一起玩过。连她都已经结婚了。我看到了照片里的她，穿着长裙，已经认不出来了。爸爸问了一句，她嫁给了谁？一个在铁路上班的小伙子，不过是坐办公室的，她的姻缘还不错。他们看起来很满足，似乎一切都恰到好处，有条不紊，没有什么能比这更合适的了。看到她，我感到一阵巨大的失落，阿尔贝特，又一个我不想成为的人。不过我们在一起的时候经常玩得很开心，四脚朝天，看谁能在草地上撑得最久，你一定要把你沾满血的卫生巾给我看。她毫不含糊，说到做到。有一天，我们的邻居，那个老流氓出现了，我没有任何防备，因为我们才搬来八天，也许正因为如此他才以为可以得逞，虐待狂们总是喜欢想入非非。他就站在我们面前，在他的花园中央。别怕，阿尔贝特说，她胆子很大。那里好像有一台照相机，他两手插在口袋里，扯着自己的裤腿。她吼道，我要向警察举报你，你等着瞧吧！来吧安娜，那不是给你用的眼镜。阿尔贝特想当一名空姐，她说，我要把名字改成桑德拉。她学习成绩不太好，不过混得也不差，说实话，当个速记员也够她过活了，还有他在铁路上班的丈夫呢。我们在吃沙拉，他们有一搭没一搭地议论。真的是那个阿尔贝特吗？她曾经笑着说如果我有了孩子我就把他们塞到马桶里，如果真的是她，那么是谁改变了她呢？爸爸喊道，好啦，别再说了，好好吃饭吧。课上我越来越听不进老师讲的东西，一开始我觉得很简单，和去年学的差不多，放假前我还是个好学生。我的数学考砸了。还好爸爸妈妈要到学期末才知道。物理课上我盯着我们的老师，他是那么冷静而聪明，而我那么笨重，大腿贴在桌子下，像一条鼻涕虫。有这样一个故事，有几个人向国王献了几米布，没有任何人可以看到这块该死的布的颜色，但每个人都啧啧称赞。我就像古时候的这些乡巴佬，甚至更糟，我觉得我是唯一一个听不懂老师的长篇大论的人。看看他们，赛琳娜，还有其他人，是什么在驱使他们，为什么他们那么喜欢提问题呢？赶紧记下来，我要求你解释，某个日期，是的夫人。我也开始记笔记，否则会被注意到的。之后再回过头来看，简直就是一些鬼画符。是不是就像他们在家里说的那样，变得越来越难了，必须有个好脑子才能跟得上。不过说到底，能坚持到这一步，我已经觉得不可思议了，我还以为我会和阿尔贝特一样去上技校呢。很长一段时间里，我认为我不可能像赛琳娜这样聪明，因为我的家庭太普通了。我的想法是对的，事实证明，我不是块做老师的好料子，首先我想做的是社工。我告诉了爸爸妈妈，妈妈回答说这可不是说着玩的，你要钻到那些贫民窟里，碰到各式各样的人，还有那些外国来的暴发户，我看你还是算了吧。八点钟，我看着自己，教室里好像什么都没发生过，好像我们之间没有什么区别，除了智力这团看不见的小火苗。课堂上所有人的身体都消失了，而我的身体却从四面八方向我扑来。我和赛琳娜一起放学，我们漫不经心地聊着天，眼睛直直盯着路面。以前她在学习上并不比我好，可她是那么协调，她就像一个缓慢的、棕色的统一体。她应该不会遇到家庭矛盾吧。她家的公寓一定像眼科医生家那样宽敞、明亮又华丽。我很好奇她的父母会不会像我父母那样对她的工作和行为指手画脚。我试着去了解，是的，他们当然希望赛琳娜能通过高考，然后继续上大学，不过这对他们来说是自然而然的，他们不会像我父母那样在她耳边喋喋不休。我的父母让人讨厌的是，他们生怕我做不到。我越来越受不了赛琳娜了。和她并肩走着，我突然觉得自己比她更优越，在这个夏天之前我从来没有过这种感觉，因为我知道了很多她不知道的事，我父母那蹩脚的工作，节衣缩食的月底，无所事事的假期。不过这并不能成为一种优越性，因为我永远不会把这些事告诉她，告诉赛琳娜。

另外还有十月初开始发生的事。我看到了血。我一直觉得这是多么幸福啊，我们不需要像男生那样打打杀杀，它从身体里流出来，温柔地，静悄悄地，每个月都是如此。这次它迟到了。一个星期天，天气很热，我们去了伊利斯姨妈家。她对我爸爸说，你准备什么时候让你的女儿嫁人呀？还有的是时间呢。妈妈补充了一句，学习要紧，一心不能二用。我客气地微笑着，总不能因为我不爱妈妈了就让她在大家面前难堪，就当他们在放屁好了。他们也露出了微笑，为一心一用的规矩一直沿用到现在而感到心满意足。就在

156

这之后，在我们吃拌酱菜的时候，他们又说起了莫妮克姨妈，不折不扣的荡妇，还有丹尼尔，谁说只要胆子大就能找到工作呢，一个愣头青罢了。我预感到这个月甚至接下来几个月我都不会再来，它无缘无故地停止了。大家都在聊天，他们的声音侵入我的大脑，仿佛一片巨大的阴影朝我袭来，就像在塞萨林街做游戏的那些夜晚，狭小的空间，不比这桌上的杯子底大。我的月经已经没有必要再来了。姨妈对我说，你是哑巴了吗，安娜？你以前话可多了。我是因为和他们在一起才变成哑巴的。我身上的一切都一团糟，和他们说的话没有任何关系。马蒂厄，是的，好像是这样，但最好不要去想他，我怕我会疯掉。晚上，她责怪我吃得太多了，大家会怎么看你呢？你应该要像还没吃饱一样离开饭桌。我们在家里吃晚饭，她把面包屑拢到一起，扔到擦干净的盘子中央，好像很整洁。爸爸已经在看他的电影了。话说，你这个月还没来呀？还没。出什么毛病了？后来的每一天她都会问我同样的问题，没有一丝笑容，也没有一句贴心的话。爸爸在场的时候她会转移话题。她肯定也不爱我了。

我就知道她会在接下来那个星期六把我拉到贝尔杜耶特家去，这是她唯一能想到的办法。我什么都不怕，虽然心里还是有一丝疑虑。阿尔贝特和我说过无数不可思议的事情，比方说只要互相碰一碰就能生孩子，报纸上还说，怀孕并不一定会让月经停止。我们坐在候诊室里，她没有读摊在桌上的那些报纸。卢维尔家很冷，不怎么豪华，只有一个有点破旧的雕花壁橱，看起来很值钱，人们只喜欢在家里用些新东西。她两脚呈内八字，双手摆在包上，就像在眼科医生家那样，肯定又是为了我好。希望一切顺利，合乎秩序。也许她也在祈祷，不过不是为了她自己，这个可怜的人，而是为了我。我的脑海里突然出现了一个关于她的印象，是在沃勒莱罗斯，和莫妮克姨妈还有丹尼尔一起，当时我七岁。她穿着一条红色碎花长裙，肆无忌惮地笑着。我们在沙滩上的水洼里捞贻贝。她笑得尿都出来了，不得不把她的内裤拿到海水里洗一洗。在海滩上的一家咖啡馆里，她们喝了开胃酒，我们吃了蛋糕和修女泡芙，是丹尼尔从隔壁的面包店买来的。她们笑得直不起腰来，开胃酒在阳光下闪闪发光。这种印象与现在她说的话、她所奉行的原则已相去甚远，无需出人头地，无需苦心经营，不富有但却自然而然。她是怎么辨别有钱人的呢？除了房子的外观，带电视机的客厅，星期天骑着马从我们家门前经过的小妞儿，臀部一颠一簸地摆动，戴着一顶愚蠢的鸭舌帽，眼睛不看向任何人。赛琳娜也会骑马。为了让我达到连她自己都不知道是什么的目标，她什么都不准我做。也许所有不阔绰的人家都是一样的。妈妈们则更是如此。我真希望她还是那个穿着红裙子的沉甸甸的身体，那个会开怀大笑、会允许我做任何事的人。卢维尔开了门，雀跃着，不过当妈妈把我的情况告诉了他之后，他立马变得严肃起来。他把泛红的脑袋贴到我的胸口，然后按了按我的肚子。她两眼茫然地等待着他的手指把这个谜团解开，好让她知道为什么会出问题。自我出生以来，他就负责把我身体的一切秘密告诉他们。我看着他的脑袋，似乎比上次更小了。为了给我做听诊，他的身体在椅子上扭曲着。不过我敢肯定他什么都不会发现，我把他们两个耍得团团转。要是他能把她内心唯一感兴趣的事告诉她就好了。她是处女吗？你可以检查一下。她连这个都说不出口，必须由他来负责，让他从她呆滞的眼神中读懂她的意思。他很谨慎，也许是因为他不想落人口实。就是月经不调而已，亲爱的夫人，年轻女孩中很常见，吃几片药就会没事的。她不太明白这个词，他给她解释了一遍，她似乎并没有松一口气，可是医生，是什么原因呢？烦恼啦，学习啦，这个年纪正是心事重的时候。他一副见多识广的架势，青春期危机罢了，大家都一样。我宁愿他不要把任何关于我的东西解释给妈妈听，她肯定会信以为真的。她付了钱，速度要比去看眼科医生那次慢一些。我觉得她还是没有放下心来，关于我的一些事情逃脱了她的掌控。她说，有必要的话，如果实在不行，我们就去找专家，我不会让你一直这样下去的，你要恢复正常才行。我们别告诉你爸爸，他会担心的。只有医生和她才能知道这件事。回去的路上我们没有说一句话。

我已经吃了一盒药片了，没有任何效果。我在高中的表现越来越差。我骂了物理老师，他们受不了我，你的老师知道的可比你多多了。所以我还是更愿意待在房间里，为了装装样子而看书，我已经不感兴趣了。天气越来越冷，女邻居也不再经常晾衣服了。我喜欢放学后留在城里，不过只能趁妈妈在小资咖啡馆上班的时候。我总能遇到几个看起来很像马蒂厄的人，留着金色的长发，骑着一辆摩托车。我跟着他们跑，他们转过身，我停下来。如果能让他们知道他们很像他就好了，那样我们就可以达成一致，我只是因为他们之间的相似性才跟着他们的。可是他们似乎并不这么认为，他们以为我喜欢上他们了。我想到了初四时读过的一本书,《大莫纳》¹⁷,讲的是一个人的历险。可是书里那些漫无目的地游荡的主人公一般都是男生。大女莫纳,一点也不好笑。我不想再见到米歇尔。我喜欢抽烟,问题是需要有足够的钱。星期天我向他们多要了一点儿,爸爸满腹牢骚,你的钱都去哪儿了?你什么时候才能养活自己,才能知道这些东西来得有多不容易呀!最好有人能先教教我们,这样会更方便。在课堂上,世界显得格外明亮而遥远。我暗自思忖着我是不是真的度过了那个假期,我有没有真的和马蒂厄睡觉,还有雅恩和米歇尔。是或者不是对我来说已经无关紧要了,也许是因为我已经像预想的那样上了高一,老师布置了一项要在八天内完成的作业,所有人都是同样的期限。周围的一切似乎都停滞了,现实变得不再可靠。我宁愿真的变成疯子,他们会照顾我,我只需要整天睡觉,有人会端着盘子给我送来吃的,还有像疗养院的照片里那样的美丽的山,我听着唱片,一动不动。或者让马蒂厄发动一场革命,不是为了争取某些东西，而是为了房间、大床和旅行，我们两个人赤条条了无牵挂地回归大自然——我小时候读过的书里就是这样描述的，而父母从一开始就被抛弃了。这很好理解。因为正是他们让你变得麻木不仁，甚至就是因为他们我才无法下定决心一走了之，我才这样努力不让自己疯掉。五岁以前我一直以为他们的孩子是买来的，不过仔细想想这样其实更让人安心，你的整个童年和青年都只是暂时的，只是为了等待偿还他们为你的付出。可现在我被困住了。也许马蒂厄搞错了，预先存在的不是社会条件，而是父母。

一天早上，母猫躺在爸爸妈妈还没收拾的床上，它的肚子鼓鼓的，仿佛马上就要炸开。它不再舔自己的毛发，也不喝一口水。放学回来后妈妈告诉我，它死了。我想再看看它，可她已经把它埋到花园里了。你还想干嘛，它的时候到了，就跟人一样。我有一种可怕的冲动，我想哭，这让我很痛苦，尤其是站在她面前。我还记得三月份，就在我复习数学的时候，它

还在翻松的泥土里打滚。已经太久远了。妈妈说她在
整理她的床铺时把母猫放在了我的枕头上，不管怎样
白天不铺床是不对的，后来它就死了，需要换个枕套。
枕套的边缘有一块粉色的污渍，中间泛着黄色。它死
之前应该流了些尿和血，这是我关于它的最后的记忆。
它总有一天要死掉，而我还得继续生活。外祖母也是。
当它被关在屋里哭闹时，我想到了爸爸埋掉的那几只
小猫，它们黑乎乎的，身体还是温热的。有一天，在
塞萨林街，我把它们挖出来，它们浑身沾满了泥土。
我的快乐只持续了五分钟，然后他来了，狠狠地打了
我一巴掌，我没站稳，把小猫甩了出去。他像收拾白
菜梗那样把它们捡起来，然后扔进洞里，用脚把泥土
踩实。它们的眼睛永远不会睁开了。整个晚上他们都
在对我发脾气，说我是疯子，我会让你的老师惩罚你
的，你等着瞧吧！我还是不明白。他们两个人一起出
门了，每周要去一次超市，用来装东西的纸箱已经准
备好了，还有支票簿，车子被擦得干干净净。我的作

文只剩下两天时间。十月的集市已经开始了，在圣吕克。我能去干什么呢？只有一堆围着碰碰车转的米歇尔罢了。昨天她对我说，我不想再让你出去了，集市啦电影院啦，直到你的例假恢复正常为止。她似乎没有意识到，她想到了一些奇怪的事情，然后脸红了。为了保护清漆的光泽，我把《法兰西晚报》摊开在客厅的桌子上。下了雨，我的房间太冷了。我对老师布置的题目完全没有任何头绪。只有一片混乱。如果我可以随心所欲地自由发挥，我会写流血和尖叫，我有一条红裙子，还有一条牛仔裤。大家似乎都不明白衣服在事件中有多么重要，还有厨房里的饭菜，他说吃一顿算一顿，她伸出疲惫的小腿，在我身边形成了一个紧密的结。没有任何意义，我会像爸爸妈妈一样在细节中纠缠不清。他们在故事里兜圈子，永远找不到真正的出路。中午，爸爸告诉我们丹尼尔在一个舞厅门口被抓了，又是因为打架，他从来不会做点正经事。吃饭的时候他们看起来很伤心。如果我在学校表现不好，我也会变得和他一样吗？现在我对一切都感到害怕，一些很模糊的东西像乌云飘浮在我的心头。我永远都写不完我的作文，老师会给我一个零分。她说过，她忽然意识到，改变生活，必须改变生活。所以她到底在干吗？

1976 年 10 月

译者注

1. 法国初中为四年制。
2. 在法国的丢手帕游戏中，获胜的一方要大喊"Chandelle!"（原义为蜡烛）
3. Monoprix，法国连锁超市品牌。
4. Guy des Cars，法国作家，擅长写作消遣读物。
5. 法国日历的每一天都对应一个守日神，七月八日的守日神是圣蒂博（Saint Thibaut）。
6. 小说《局外人》的主人公莫尔索在海滩上开枪杀死了一个阿拉伯人。
7. Veules-les-Roses，诺曼底海滨小镇。
8. Charles Aznavour，亚美尼亚裔法国知名男歌手。
9. 在每年夏天举行的环法自行车赛中，每一站结束时领先者要穿上黄色的领骑衫。
10. Lourdes，法国南部城市，宗教圣地，相传那里的圣水可以治疗各种疑难杂症。
11. 法国作家弗雷德里克·达尔（Frédéric Dard）发明的词，指女性的隐私部位。
12. 法语原文 bander 也有阴茎勃起之意。
13. 法语中异化（aliénation）一词也有精神错乱之意。

14. 原文 L'homme propose la femme dispose 化用自法国俗语 L'homme propose et Dieu dispose，意为"谋事在人，成事在天"。

15. 用于宣传某种产品的电子游戏。

16. 以前咖啡是属于富人的食品，而穷人只能在饭后通过免费的性生活取乐。因此二十世纪法国人常用"穷人的咖啡"（le café du pauvre）指代性生活。

17. 法国作家阿兰·傅尼埃所著长篇小说，莫纳是小说主人公的名字。

图书在版编目(CIP)数据

如他们所说的,或什么都不是/(法)安妮·埃尔诺
(Annie Ernaux)著;沈祯颖译.—上海:上海人民出
版社,2023
ISBN 978 - 7 - 208 - 18445 - 9

Ⅰ.①如… Ⅱ.①安… ②沈… Ⅲ.①自传体小说-
法国-现代 Ⅳ.①I565.45

中国国家版本馆 CIP 数据核字(2023)第 141727 号

责任编辑 赵　伟
封扉设计 e2 works

封面画作来自朱鑫意的"2020"系列作品

如他们所说的,或什么都不是

[法]安妮·埃尔诺 著

沈祯颖 译

出　　版　上海人&大版社
　　　　　　(201101　上海市闵行区号景路 159 弄 C 座)
发　　行　上海人民出版社发行中心
印　　刷　苏州工业园区美柯乐制版印务有限责任公司
开　　本　787×1092　1/32
印　　张　5.75
插　　页　6
字　　数　67,000
版　　次　2023 年 11 月第 1 版
印　　次　2023 年 11 月第 1 次印刷
ISBN 978 - 7 - 208 - 18445 - 9/I·2100
定　　价　48.00 元

2022 年诺贝尔文学奖"安妮·埃尔诺作品集"

已出版

《一个男人的位置》

《一个女人的故事》

《一个女孩的记忆》

《年轻男人》

《占据》

《羞耻》

《简单的激情》

《写作是一把刀》

《相片之用》

《外面的生活》

《如他们所说的，或什么都不是》

《我走不出我的黑夜》

《看那些灯光，亲爱的》